寶誼之心
在這個充滿「數位喪屍」與
「邏輯傀儡」的世代
你，如何知道自己
還「活著」？
一杯飲料／著

目錄 CONTENTS

壹。

「台（ㄧˊ）」，喜悅、愉快之意，
通「怡」。

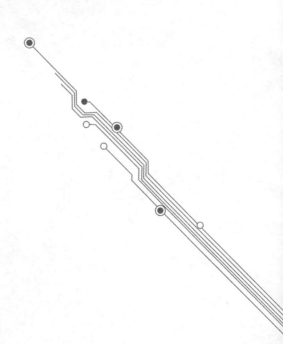

青空、耀陽、薄雲綴紗，少年催著脛腱，輕快飛馳，窄坡上淨敞無礙，任他恣意徜徉。

窄坡兩旁是民家，依著窄坡一同倚在伴萍山腰上，牆內蔓蜿而出的綠蔭，將窄坡結構成一條清幽小巷。

充滿活力的青春躍囂，將那清幽劃開。

少年、自行車，隨著坡面的不平整，震顫搖晃，看似失去重心、眼見隨時都會摔倒，卻無阻少年追逐速度的狂熱。

前方視界，兩尊高聳穿天的龐然建物，宛若開懷揚敞的雙臂，擁抱著堡『台』、擁抱著少年。

視界右側，高皇捌伍，市內獨攬四座的商旅中心。

視界左側，四神壹零壹，市內首屈一指的科技大樓。

兩巨物分立在市區東、西兩側，宛若兩座天柱，高舉著永恆無垠的靛青，守望著眼下萬民齊聚的堡台。

堡台市，物質生活發達、交通網絡健全，現代化的都會區。

棋盤式道路規劃，讓市民輕鬆往來市區任何一個角落，要道與要道之間，亦保留了不少老街巷弄，兼容並蓄、泱泱之風，使它躋身全世界數十座最適合居住的城市之一。

少年瞄了一下腕上的電子錶，打量著路程和時間。

今天是成果發表日，少年前一晚熬了夜，然而，發表過程比想像中順利，於是獲得了比預料中更多的時間，本想繼續在學校裡晃晃，和其他同學聊聊天，卻驟然想起那個重要的日子，以及某個重要的約定。

疾速之旅來到轉捩點，緊繫在悠寧坡巷末端的，是判若兩界的人潮要道。

少年出了坡巷就硬往右轉，離心力將他甩上人行道，二、三過客，迫使他非煞不可！抓地橡膠隨即和路面奏出跳痛刺耳的音符！

近在眼前的責備目光，好奇狐疑的遠處張望，少年尷尬陪了不是，險些被撞上的西裝男子，唸了他幾句便離去，然而，眞正的審判緊接著才要開始。

「同學，請出示你的學生證。」

喚住少年的聲音，平淡無紋、語氣冰冷，遍尋不著錙銖感情。

那銅黃外裝、流線有弧，外形如寶特瓶的機械人，不知何時來到了少年身邊。

少年見聞慌張失措，隨手將自行車放倒一旁，急忙要從背包裡翻出學生證，那機械人再度施令：「請先把腳踏車架好，別影響其他行人。」

機械人，並不龐巨，尚比少年矮一個頭，少年的態度，盡是誠惶誠恐。

造型簡明，完全就是一個「瓶樣」，看不出五官在何處，更沒有吊掛在體外的四肢。

瓶底和地面保持著微妙的距離，那微妙的距離，顯然是它步韻無息的祕密。

少年總算翻出了學生證。

那擬似瓶口的地方，隨即探出一「肢」蜿蜒的金屬，向少年曲行延伸。

那肢金屬在少年遞出的證件前停下，末端發出微微光芒：「金城高院，貴校平時都沒做路勤宣達？下坡路段不減速就是危險駕駛！」冰冷中，又追贈幾分斥責。

高等學校，堡台教育體系中極爲重要的一環。

在初等學校之上，是必須的進級。

同時也是通往研究學校的門前階。

每位市民一生中必經的「成人認定」，也在高等學校的時候完成。

這寶特瓶形貌的機械人，當街質詢超速少年。

一旁人流來來往往，絲毫不覺異誕，無人停下步子，逕自如常。

不僅是寶特瓶，保溫瓶、馬克杯、品茗壺，機器人們的外型各式各樣，不勝枚舉。

堡台市內的大街小巷，處處可見這些擬註*飲料容器。

這些容器每天都在市內各處穿梭，替市民們解決生活上的大小事，當然，更少不了懲處違規之類的公權力行爲。

「對不起……」神色緊張，少年的語氣，充滿小心謹愼。

他很清楚得罪機器人的下場，小心應付它的質問，心裡亦惦著某個重要的約定。

「依照路勤條例，我要扣押你的自行車，通知你的家長……還有貴校的訓導單位！另外

註*擬，意指「看起來像」。

再禁行你一個月！」機器人向少年宣布他將會受到的待遇。

宣布過程中，它不自然地在「家長和學校」之間出現幾秒鐘的語塞，像是程式執行出了問題，讓它延遲了幾秒鐘。

少年大驚失色：「這要通知學校嗎？沒那麼嚴重吧？我以後一定會注意的！」比起通知學校，少年更在意車被沒收。

少年用斷了腿般的低聲哀泣，向機器人討饒：「我等等還有不少路需要用車……能不能通融一下？」

一人、一瓶，在大街上各說各話。

機器人完全不理會少年的哀求，自顧自的有條不紊，把其他應該遵從的事項，硬是塞給根本沒在聽的少年，接著就將自行車帶走。

然而，它牽著自行車走沒多久就驟然停下。

好似想起了重要的事，迅速回頭，叫住還沉浸在頹喪中尚未離去的少年：「飲料請隨身攜帶！」慎重其事，它將附掛在車架上的瓶裝飲料取下，親自遞給少年，再次離去。

少年垂頭喪氣，喃喃碎唸：「眞倒楣！」將飲料塞進背包，黯然離去。

畢竟是少年，對於自己放縱所造成的結果，不甘願仍多於自我反省。

彼方視線

「那種隨處可見的飲料有什麼重要？」

對街，露天咖啡座的一角。

那女子隻手拖腮，倚在桌緣，將那一人一瓶的短篇集完整收錄。

女子金紅挑染，是個視覺焦點，層次灑落，宛若夕陽餘暉由額前瀏海一路向後深延，來到耳際稍緣駐下，輕短俐落、攫人目光。

「夕陽紅」不經意地瞄了一下自己面前的咖啡，隨手送了塊鬆餅入口，跟著啜了那咖啡一口，等人，磨嘴饞、消時間，桌上的筆記型電腦，不知在勤快著什麼。

「這是第幾次呢？」夕陽紅喃喃自語。

堡台路勤條例第十一條：不論違規情節大小，紀錄滿三次，終身不能申請自用車輛。

這些飲料容器外觀的機器人，隸屬「堡台市政總局」。

「機動庶務單元」，是它們在總局財產目錄上的登錄。

總局方面，多稱「黃蜂」，一般來說，它們以接受命令爲主。

它們是全天候運作的公務窗口，任勞無怨的頂級公僕，然而，市民們也依據個人好惡，爲它們另編別名，從「寶瓶管家」到「獨裁廢鐵」，五花八門、各自表述。

「這些沒腦袋的優點，除了效率好像也沒別的了……但是，那顆心才是面面俱到的關鍵……」夕陽紅如此戲稱，因爲她分辨不出，飲料容器們的頭部究竟在何處。

堡台是個人腦與電腦、機械和人類長久共存的地方。

人和機器，就像農場裡的牛和羊，彼此知道彼此的存在，存在之間，卻也充塞著疑惑與不解。

至於那顆心，夕陽紅覺得她應該是第一次去思考，卻有種隨之而來的熟悉。

這份熟悉卻令她心生不快，彷彿她曾經觸探過類似的熟悉，被這樣的熟悉困擾，甚至使她恐懼不安。

堡台之心，機器人的領導者，高等運算功能的超級電腦。

據說它的主機位在總局地下室，某個不為人知的祕密機房裡：沒人看過它確實的樣貌，它是黃蜂們的指揮官。

它統籌堡台市內各項事務，藉由完善的網路系統，和每一具黃蜂即時連線，直接命令每具黃蜂，亦從每具黃蜂獲得最直接的新資訊。

莫名不快，讓夕陽紅暫時闔上那段章節，將視線從往來人潮挪回桌上的十吋液晶，桌布是她和父親在某個風景區的愉快合照，合照中的笑容，讓她有些落寞。

「總覺得中央還眞是管得太多了……」

一個月前，夕陽紅的父親依照總局規劃，移居「緣吉」。

父親興致高昂的去了，電子郵件、多媒體影像什麼的，父親從沒斷過，勤快分享著他在緣吉的生活點滴。

然而，身爲長時間與父親相依爲命的獨生女，如今相隔異地，仍令夕陽紅三不五時就泛起難捨之情。

中央，部分市民對堡台之心的蔑稱，直指它不通人情、毫無轉圜。

完全電子化，是堡台高行政效率的精髓，然而，即使是面面俱到，卻也總有到不了的地方。

堡台安享條例第一條：凡年滿五十歲之市民，皆屬退休安養者。

安享條例第三條：凡安養退休者，若無涉及輔幼條例第五條，禁止住留市內。

退休的年長者，一律強制遷居「緣吉」，總局特別設立的安養園區。

這項措施，始終在市民之間被討論，覺得總局過於強硬、漠視情理。

「緣吉究竟多遠？」

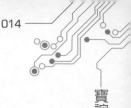

父親沒去之前，夕陽紅從未關心此事，她打開瀏覽器，試圖摸索些蛛絲馬跡。

總局將緣吉設在市外近郊，以明確將老年退休者與壯年人分隔。

一方面是讓退休的人好好休息，同時也讓青壯年人擁有一定的獨立空間：感覺是多管閒事，但是中央「認定」有其必要。

這樣的認定，縱使已經介入了市民們的家庭生活，甚至有進犯私領域的疑慮，然而，中央仍是盡其所能的讓市民們全力配合，未曾讓過半步。

總局的入口網站，有如什錦拼盤，囊括著各種資訊。

夕陽紅平常幾乎不搭乘大眾交通工具，唯有敞篷式的輕軌列車能勉強接受，她對封閉的活動空間，有莫名的心理障礙。

她開啓對外列車班次暨時刻表，通往緣吉的車次：平日，每日一班；週五、週六，下午再多一班回送車，假日停駛。

「這資料是不是有錯？」夕陽紅咋舌自語。

她的運氣也總是不錯，打從有工作開始，上班地點都正巧在敞篷列車就能抵達的地方，平常逛街什麼的，靠自行車或輪鞋就能輕鬆應付。

「中央竟如此不體恤親人分隔的家庭？車次這麼少是怎麼回事？行車時間還標著八個小時以上！以上是什麼意思？路途太遠無法估計？」

夕陽紅認為自己看走眼，將網頁重新載入了三、四次，又仔細查看了好幾遍。

太誇張了，夕陽紅心想。

同時，她更思索起那些令她不解的疑惑：不少朋友、同事，他們的雙親也去了緣吉，卻從沒聽過他們抱怨交通不便、路途遙遠之類的事。

這令夕陽紅雞皮疙瘩，更不由自主的栽進遐想漩渦：「爸爸的那些影像檔，該不會都是合成的吧？到底有沒有緣吉這個地方啊……總是高效率的中央，怎麼會開出這種班次？還有不確定的行車時間？」

強制遷居，一律由中央指示黃蜂執行，達到退休年紀的人，只需要遵照指定的時間，輕鬆在家裡等待黃蜂們的親迎；但是，相關的親屬，最多只能陪同到車站。

黃蜂會阻擋不相干的份子一同搭車。

因此，從未有人在遷居當天就和長輩們一同前往緣吉。

一連串的疑竇，加深了夕陽紅潛意識中的不安，拉著夕陽紅向下沉墜……緊接而來的一聲響指，有如光明繩索，瞬間將夕陽紅從妄想漩渦中抽離！

她爲之一震，觸動了米白圓桌，杯中未盡飲液，順勢舞起深色步伐。

「沒事吧……嚇到妳了？」響指來自一名男子，簡式便裝，銀色碎花領帶，隨興攀附在他胸前，一身輕鬆，應是剛下班。

「銀碎花」被夕陽紅的反應搞得一臉苦笑，隨即手忙腳亂地加入收拾殘局的行列。

夕陽紅白著眼責難：「你不知道我就是膽子小嗎……問你件事，你媽什麼時候去緣吉的？」

銀碎花表情糾結，邊想邊說：「嗯……『去年』的樣子……」

他對於母親的記憶顯得非常吃力，去年二字從他口中出來得相當猶豫，充滿著不確定。

「也是緣吉？」夕陽紅追詰。

「也是？只有緣吉不是嗎？」銀碎花用疑惑望了她一下。

「你有去看過她嗎？」

夕陽紅不知道自己爲何用也是，自己也沒聽過有其他的安養園區，但是她確實用了也是，彷彿還有其他的安養園區，彷彿她知道還有其他的安養園區。

「有啊，只是不常去……緣吉很遠耶！我最近一次去就坐了快十小時的車！我去總局網站申訴……他們回覆說那段路正計畫改道，因爲之前規劃的一個區域最近開始地質不穩，所以現在列車通過那邊的時候，速度都會放到最慢，車程時間就是這樣被拉長的。」銀碎花一臉無奈。

「就算地質不穩，十小時也太扯了吧……」

難以置信，夕陽紅剛剛還打算最近要去看父親，頓時有些堂鼓欲退。

縱使她對封閉的空間存有排斥感，可是那畢竟是唯一的父親，無論如何總要去那麼一次，另一方面，這顯然也是克服那種心理障礙的好機會。

此外，隧道通過地質不穩定的地方，確實是個不可抗力因素，畢竟，沒人能確實掌握大自然的一切。

當初的設計規劃，也許自以爲萬無一失，但是，大自然可從沒同意人們永遠不變。

左思右想，夕陽紅還是決定維持原案，於是她對銀碎花展開攻勢：「這個月我要找一天去看我爸，一起來吧？」她早有打算要讓父親認識這位屬於她生命中的重要角色，也爲克服自己的心理障礙找到依靠。

「啊？可以讓我多考慮一下嗎……」銀碎花臉色一青，彷彿還沒上車就要暈眩昏倒，嘴角喃喃細語，他不希望夕陽紅聽清楚自己的不情願，同時回想著那段熬人的路程。

「走啦！走啦！也順道去看看你媽啊……以後就一起去呀，這樣就不會無聊了！」這個墊背再理想不過了！硬拖也要拖去，夕陽紅在心底篤定！

夕紅、銀花，嬉鬧閒語，引起四周幾個眼神掃過他們的片刻歡愉。

然而，也有人無視這洋溢著幸福微光的剪影。

露天咖啡座的另一端，有個女人正專注在她手上的三吋液晶。神情挾著憔悴，眼裡嵌著些殷紅，隨性馬尾有些雜亂，參差不齊的瀏海，一撮蔓延到左頰，形成一道垂簾障壁，讓人無法一次看清她的面貌。

「左瀏海」操作著手中的無智通，目光不時四處遊移、迅速掃視，像是在警戒著某些事物，精神緊繃讓她將不安和惶恐全妝在臉上。

「還是無法習慣，總覺得仍在監控之下。」左瀏海透過無智通，連進某個交友網站，與其中的友人互通訊息。

無智通，微型多媒體智慧事務機（音文[註*]簡稱Ｉ４Ｍ），它結合了手機、相機及個人電腦的功能，是麒來科技公司劃時代的產品，由於它攜帶方便，兼具手機和拍照的功能，一上市就迅速在年輕的消費世代中成爲主流。

註*泛指使用時仍能明確「看出拼音」的文字。

該產品還在研發階段的時候，某次進度嚴重落後，一位公司高層，在檢討會議中因壓力過大而破口失言：「你們這些智障！知不知道公司現在要做的東西連智障都會用？」

於是，無智通，這個充滿戲謔的深色代名詞，相應而生，讓Ｉ４Ｍ正式上市時知名度暴漲，更在銷售量上引起推波助瀾之效。

「因為妳已經知道眞相，難免有些心理作用。」和她互通訊息的帳號：禮青。

不知禮青是男是女，個人相片的地方，僅是個簡明的美術圖騰。

禮青接著又傳訊給左瀏海：「像這種時候，妳就不用想太多，就當是回到過去的生活……縱使妳現在的一切，仍在這裡的系統中運作，但是，透過我的遮罩，妳並不會曝光，它們所記錄到的資料，都會先被我竄改。」

左瀏海對於無智通的使用非常熟練，僅需一手就能靈活操作觸控螢幕上的各種介面。

於是，被閒下來的另一手，就負擔起釋放忐忑的要務：那是某些女性在焦慮不安時會出現的微妙動作，她們會用大拇指指甲蹂躪一旁的食指，去搓弄靠近食指甲溝旁的指節。

「你就是不懂！」左瀏海在心底咆哮，更命令鬼祟的視線去周遊四方了一回，像是擔心自己的怒氣洩散到體外，引起別人注意。
她回應禮青：「回去？說的可輕鬆！人又不是道具、零件，就算是能再裝好，也無法回到最初了！」
左瀏海顯然已在咖啡座和禮青交談了一段時間，她那可憐的左手指節，已被她搓弄得幾近皮開肉綻。
「能不能不去上班？有個傢伙眞是讓我快受不了。」持續交談，左瀏海的皮質屏幕，閃過一些虛僞矯情的應對進退，再不然就是多餘冗長的官腔說嘴。
「我不是要說教，但是，妳之前的狀況就是閉不出戶……妳覺得那樣比較好嗎？妳願意配合來到堡台，不也是爲了想要回到……類似原本的生活？」禮青的回應顯得字字小心，即使沒有面對面，他似乎也能洞悉左瀏海一些較深層的情緒暗潮。
「我知道妳討厭那種環境和那種工作氣氛。」
這句話無疑是火上加油，然而，左瀏海還來不及追罵過去，左手就搶先送來一陣刺痛……靠近食指甲溝旁的指節已被她搓到破皮溢血。

左瀏海迅速吮了一下殷紅散泛的左食指節，隨手抽了張桌上的紙巾就裹，微妙的空檔，禮青又傳了一些訊息過來：「妳現在還無法瞭解那個機關、那個職位對妳的重要，對妳來說，也許我沒有設想得很周詳，但是我確實評估過，在這種……節骨眼？妳們都是這樣說的吧？妳在那邊是最好不過的。」

禮青非常理性的態度，總是讓左瀏海難以招架，雖說她們彼此認識也沒有幾個月。

左瀏海也不想這樣對待禮青，只是她現在眞的很難穩定自己的情緒。

幾個月以來，周遭的瞬息萬變，快令她窒息。

而禮青，似是目前最瞭解一切，卻又不願全盤拖出的人：「有必要的話，我就會告訴妳。」

就像父母打發「爲什麼播放器」那樣：是單純不耐煩？企圖用矯造掩飾無知？又或者，確實深知其究、卻無法適當表達，以至於囫圇粗糙的一言蔽之。

將無智通暫時擱在桌上，左瀏海按摩起疲倦的雙眼，啜飲一口未盡的熱茶，試圖讓自己放鬆……那天之後，一切眞的就能更好嗎？

隻身來到堡台，陌生的繁華榮景總讓她思鄉深切，因爲她再也無法回到她的故鄉，那些喚不回的親友、變了調的過去，無法再做任何修補了！

她無力地癱靠在椅背上，雙目沒有焦點地在往來人潮身上隨意沾覽：像他們一樣，什麼都不知道該有多好？無知，何嘗不是一種幸福？

無奈嘆息，左瀏海再次拿起無智通，上面有禮青持續傳來的訊息：「如果妳覺得自己孤單、難熬，我建議妳去找他們……芸霖大道六二九巷四〇號。」

「他們是誰？」左瀏海問。

「和妳一樣，都是在等待那天來臨的人。」

「爲什麼現在才告訴我？」

「我認爲妳並不想和他們建立交流關係。」禮青回應。

「他們都曾是辰封的滯留者，妳之前並不願意和大家有所往來……我提出這個建議，基本上也是賭賭看……」

即使左手已裹上紙巾，左瀏海仍忍不住去搓弄。

紊亂的情緒仍未歇止，全透過她的焦躁不專被彰顯出來，她時而抬頭環伺、時而低頭的動作，招來咖啡座裡一個不公開的注視——與她有些遠的距離，某個位子靠近門口的男人。

男人完整收看左瀏海自戕左手的過程。

他看著左瀏海，因爲搓破皮而倉皇抽取紙巾裹傷的動作時笑了出來：「上任第一個案子就來禁止女人自虐?」

男人隨手喚來露天區的服務生，示意將飲料回沖，又加點了三明治。

男人的電腦，不是在市面上買得到的款式，特別是面上的鑲花徽誌，讓它在數台露天區裡的電腦中格外醒目。

男人的裝扮低調素雅，駝色圓領衫、淺色休閒褲，都不是當季的樣式，更稱不上時髦。

這天是「圓領衫」的假期，就在前天，他被通知調任到核心輔政室。

核心輔政室，市政總局轄下，一個極其重要又充滿神祕色彩的單位，總局裡的人慣稱「堡台心房」。

據說「心房」負責協助堡台之心，分析研究市政資料庫裡龐大的數據資料，好決定需要「增加哪些認定」。

「認定」是非常重要的事，市內所有的「政務推動」都是以「認定爲準」。

只要是被認定的事，堡台之心接著就會制定相關規則，研究執行細節，最後發令給每一具黃蜂，徹底執行。

另配合各種媒體，進行撲天蓋地的全力宣導，從不含糊兒戲。

圓領衫半信半疑，收到電子公文的時候，一度還把它當成病毒郵件給刪了。

他覺得自己平時沒什麼特殊表現，又常常遲到早退，沒被開除、已該萬幸。

對他來說，這次調任完全是如天外飛來那般不可思議，更是他進入總局五年以來，第一次被調任。

一般來說，中央爲了讓人力介面[註*]能盡早熟悉局內各項事務，配合黃蜂運作，新人在一年內會被輪調三次，三年內一定會歷練完所有的單位。

註*意指「由人去負責」的部分。

堡台市的運作雖已完全電子化，但是仍維持著一定程度的人力。

堡台之心顯然明白，僅是依靠進步的科技、完善的系統，無法達到面面俱到。於是開徵一定數額的公務員，好讓部分市民參與其中，協助各項事務的推動。

圓領衫從提包中取出休假前到手的調任狀，將左下角的認證碼輸入液晶裡的人事資訊系統：「恭喜您獲得這次拔擢，首先是單位工作內容……」掛著耳機，一手轉筆，打算記點什麼在薄本上。

堡台是個歷史悠久的城市，數百年來，市民們始終相信人類是由機械所創造。而堡台之心，那座從未出現在陽光下的超級電腦，被市民們擅自冠上各種慣稱的它，對市民來說，更是有如神祇一般的傳奇存在。

圓領衫很有耐心的聽完整個簡介，隨意在薄本上寫了兩個字：廢話。

口白語音根本沒說什麼重點，內容都在猿猴絕種、機械造人的那段歷史上打轉。

「現在開始，您原屬單位的識別證已不能使用，本局將授權您新的登入碼……請確實記下您的登入碼，以供報到時進行核對，換取新的識別證……注意，這段多媒體訊息無法重複播放，請務必確實記下您的登入碼，以確保您的權益……」圓領衫的注意力瞬間集中！迅速在廢話兩字下面抄了人事系統秀在液晶上的登入碼。

「如果我正在做其他的事而沒注意到這段訊息……下場會是如何？」

圓領衫爲自己一次專心完成一件事的個性感到慶幸。

在求學的那段時光，他這種專一又帶著點溫吞的態度，經常遭到父母的責難，更被師長們認爲是一種無能：因爲能力差，所以一次只能慢慢處理一件事。

然而，他心底那份與生俱來的自我感覺非常良好，讓他得以無視那些看似高明、實則愚昧的誤解，支持著他人生中的每一步。

「多少傢伙總是嚷著人生有限，而以把握時間之名，行匆匆囫圇之實……就是因爲時間有限！所以才更該一步一步啊！」圓領衫總是這樣告訴自己，他相信自己是正確的。

「恭喜啊，輔正司！」髮長落肩、亮栗耀眼，女人逕自在圓領衫一旁的空位坐下。

「來這兒怎麼沒約我？」語敷微酸、笑著調侃，「亮子栗」剛放下的手提包上，掛著識別證：市政總局育政佐……證件套的膠膜反光讓人看不清名字的部分。

總局內的人力單位，主要是配合各項施政細節。業務範疇不外乎開導頑民、接受抱怨等「人際面」的事項。然而，杯葛份子總是少數，所以人力上的需求從未吃緊，組織架構也相對簡單，只有司、佐、正三個層級：司是最高級，通常擔任單位的首長。

「又不是妳派給我這職務，妳憑什麼討賞？」圓領衫覺得自己被打擾，眉頭一顰、暗自抱怨：「這婆娘又想幹嘛？」順手把薄本收進提包，同一刻，方才加點的三明治也送上來了。

「哇哦！這是金槍衝浪板[註*]！內行喲！看樣子你常來嘛……」亮子栗無視圓領衫的冷言相對，隨手就拿了四分之一大快朵頤起來，「我餓死了，今天中午沒吃說……」

註*鮪魚三明治。

圓領衫目露凶光，含刺尖語：「才多久沒見，妳更不要臉了！服務生都還活著，要吃不會自己點啊！」迅速將盤子拉近自己，也塞給自己四分之一。

亮子栗比圓領衫還小個幾歲，但是在資歷上卻是圓領衫的前輩。

她比圓領衫早一年進入總局，兩年就歷練了所有的單位，最後派發到育政室，是位優秀的公務員。

「……你這傢伙……狗嘴裡就是沒象牙……」咀嚼讓亮子栗口齒不清，她再次伸手要拿三明治，圓領衫這回先發制人，一挪就把整個盤子挪到她伸手莫及之處！

「小氣耶！」亮子栗不悅，嘴裡東西還沒嚥完又開口，「難怪你都沒有女朋友……」些許餚渣，隨著講話濺落桌面。

圓領衫用一個「嘴裡有東西不要講話」的嚴肅眼神瞪著亮子栗，順手抽了張紙巾，將剛從她嘴裡飛落桌面的殘屑撿清。

「潔癖又吝嗇，你這男人根本沒救了！」亮子栗戲謔地銳語反擊，接著招來服務生，加點飲料和其他的東西，「我有個朋友也是超小氣，讓你們兩個認識一下如何？」服務生還沒離開，亮子栗就啪啦啪啦的嚷嚷。

圓領衫嚥下三明治，白著眼冷語：「女人對我沒什麼用……更何況，結婚有多麻煩妳又不是不知道！省點力氣吧！少管閒事……」隨手又是四分之一，亮子栗則是繼續笑鬧：「哪會？我可以向中央特別申請，把你的案子交給我辦！」

自由戀愛不是什麼了不起的事，但是若要踏入婚姻世界，在堡台，除了會被黃蜂盯著不放，育政人員更會三不五時的登門關切。

從男女雙方的婚前諮詢，到懷孕生育時的各式健康檢查，總局建立了一套完整到令人覺得囉唆的龐雜系統來協助市民成家生子。

對市民們如此的干涉，是因爲總局透過資料研究後發現：沒有計畫的家庭，會是社會問題的製造者。

爲了整體社會持續穩定的發展，總局對婚姻嚴令管制，沒有經過許可，獨身男女不可以結婚。

「妳少在那邊亂了，我滾蛋妳可開心了吧？」圓領衫嚥下三明治，喝了口熱飲，冷笑著。

他其實不討厭亮子栗，兩人還經常互為職務代理，很多時候也一同處理比較麻煩的案子。

他只是有點吃不消，亮子栗總是那樣粗枝大葉又嘰嘰呱呱個沒完。

「還不賴！」亮子栗嘻皮笑臉，「愉快程度僅次於加薪！」

「妳果真是混蛋一枚。」圓領衫笑著嗆她，接著嚼起最後的三明治。

「欸、你不問問老娘我今天浪費休息時間專程來這兒的用意？」

「是我欠妳什麼沒還嗎？」圓領衫白著眼作無辜，嚥下口裡的東西，「轉個單位而已，又不是辭職，我可不記得有留什麼爛攤子給妳當餞別。」再次向附近的服務生招手。

回應他的需要，露天區裡那位裝束突出的女服務生再次來到桌旁。

「通通結了。」圓領衫指示服務生把亮子栗的部分一併加總。

女服務生抽起腰間的公明二式，向圓領衫展現她的專業素養，她迅速在二式的鍵盤上按了幾下：「本次消費總數和項目如螢幕所示，竭請核對。」

她將那精巧的儀器，呈遞到圓領衫的視覺範圍內。

液晶螢幕上：六百六十六分。

「分」是「個人價值的累積」、「經濟流通的單位」。

在堡台，沒有實體貨幣交易，所有的商業活動都要透過「積分」交換。

獲得分數的方式有很多，工作，只是其中一種。

圓領衫瞄了一下二式的螢幕，隨手遞給服務生一張積分卡，卡上面的字樣：港町學園。

亮子栗在一旁瞄到那張卡，滿是吃驚：「你有在港町兼差？看不出來耶……你是負責誤人子弟還是紙上談兵？」挖苦嘲弄，讓圓領衫滿面糞騷。

「一般來說，是負責毀滅世界。」猙獰鬼臉，圓領衫充分表達他的不滿。

雖是公務員，在堡台也是可以兼差，另一方面，私人企業更不能禁止職員兼差。

而學園院校，也是兼差管道中比較自由、多元的一種。

一般人在教育機構兼差，除了制式的行政缺額及班級導護，比較不受時間、空間限制的方式，就屬以「學園名義」發表論文最為普遍。

論文會由園方呈予總局，透過輔政室進行審核。

輔政室依實用性、前瞻性以及學術性，三個要素進行評斷後，發予撰文者相對的分數。

女服務生面帶微笑接過積分卡，在二式上的溝槽刷了一下，底部隨即列印出一張帶著條碼的消費憑證，「感謝您今日的光臨，此券附有本店近期的優惠活動……」她熟練滔滔地敘述與消費細節相關的事宜，而圓領衫僅是虛應敷衍著：他對於小便宜之類的事物沒什麼興趣，反倒是這位服務生與其他服務生截然不同的衣著，提高了他的注意力。

女服務生身著格紋背心短外套，護著裡面的淺色公主袖，腰帶下是與背心逆向格紋的雅緻裙，整體呈現出一種無可言喻的英倫風格。

一面和亮子栗閒聊，一面欣賞著「格紋公主」。

圓領衫從她手中接回自己的積分卡，更示意她將二式也一同遞過去——小費有專屬的溝槽，金額都是客人自己決定，當然，不給也不是什麼丟臉的事。

「小費個薪」亦是總局重要的認定之一，因爲大部分的計時勞務，所能獲得的分數並不多，爲了協助店家有效減少人事流動，總局授出的電子商務系統，將小費視爲職員本身的個人價值：透過公明二式，小費積分會直接計入職員的帳號中，不會經過店家本身的營運帳務。

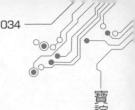

格紋公主心底竊喜：「今天眞幸運，馬尾之後是隨便點名！」維持著一貫的專業態度，從容如常地從圓領衫手中取回二式，迅速俐落的收拾起他面前的桌域。

格紋公主不斷用視覺餘光打量圓領衫：「他是老師啊？看起來不像……這女的是同事？還是他的姅註*？」在總是重複著接待到結帳的單調流程裡，就屬四公子帶來的數字大麻最能爲她提振活力。

四公子是格紋公主自行給客人們命名的暱稱，因爲這四個人的小費都給得頗高。

看在積分的面子上，格紋公主開始追蹤這四個人，偷偷記錄他們的消費習慣，甚至是一

註*方言文字，原意爲「女性月事」，本作巧其「形」意，轉指女伴。

些旁枝末節的資訊。

格紋公主相當把握四公子光臨的時段，更將蒐集來的資料存在無智通裡，以利隨時修正更新，還附上偷拍的照片，好讓自己能確實記住他們的長相：

「虔先生，文質外貌，就住在附近……已婚！好像有小孩？眞想看看他太太……他看起來超年輕的說……小費經常都是一些奇怪的數字，而且都是四位數！也許是他積分的零頭？」

「馬尾男人，到店時間都不太一定，應該是社會人士？很低調，從不寫意見表，飲料只喝熱的，大部分是鳳萍澈水，點心多半是鹹厚片……對『千』有異常執著？總是把消費總額塡滿至一千爲止。」

「賈祐韋，只有他在意見表上寫全名，聽店長說他是個名人？個子算高，總是西裝不打領帶……大部分喝黑咖啡，點拿鐵的時候，能明顯看出他臉上的不悅，若是輪到摩卡，通常是充滿殺氣的表情……小費是看日子給——星期一、一百，星期二、二百，以此類推……」

「最後是隨便點名，小費總是和消費額相同，像是一個人吃了兩頓……他每次都寫意見表，但是名字每次都不一樣，有時候是電視明星，也有歷史人物，再不然就是某某企業家……感覺他知道很多事？沒想到他還是個老師耶！」

格紋公主端著杯盤要步進店內，「學姊。」一位身著標準制服的服務生向她貼近，小聲的說：「妳看，那個小鬼又來了……」那服務生向她使眼色。

眼色的目標，是對街人行道上的一位男孩，他正拿著單眼相機對著店面拍照。

做生意，店在大街上，給人拍幾張照片，基本上不是什麼了不起的事，但是，如果同一個人老是在拍，連著拍上個幾天，總會讓人不舒服——他到底在拍什麼？

「嘖！」格紋公主暗啐。

初次見面是幾天前的某個假日。

格紋公主過了馬路，彬彬有禮的將意見表遞給他：「也許有些冒昧，但是我們希望你能把你的意見讓我們知道。」

「單眼小鬼」竟冷哼一聲：「妳只是想趕我走吧？我的意見妳們會當作一回事嗎？拿回

去就扔了吧？」

他接著拿出一張看不出是什麼機構的積分卡，扔給格紋公主：「要多少自己按！按完就閃一邊去吧！我事先可是有研究過堡台市的市規喲！我沒看到禁止民眾在大街上攝影的條文！」雖是粗魯，卻也中肯。

格紋公主用專業抵禦這沒來由的不友善，好言回絕：「你沒有消費，不能直接收你小費。」

惡劣的邂逅，就這樣告一段落。

「別管他，我讓店長處理。」格紋公主暫別了學妹，加大步伐，進入店內。

經過櫃檯的時候，她悻悻揚聲：「店長，那小鬼又來了！」瞄了一下牆上的鐘，還有十五分鐘就要下班了，她不想讓心情有任何變糟的可能。

單眼小鬼已經出現了一週左右，出現的時間都不一定，前幾次店長正好都不在，格紋公主應付了他兩次，他完全是個以惹人不悅爲專長的可憎小鬼。

第二次就在昨天，他又用同樣的態度對待她。

格紋公主再次訴諸專業，栓緊脫韁在即的怒意，正襟回絕：「沒有消費，不能收你小費。」

「是哦？」單眼小鬼那臉噁心又邪鄙的卑劣笑容，格紋公主一輩子都無法忘記。特別又在他說出不符年紀的僭越言論之後：「那……妳出個價？就是現在身上穿的這套！我不要有蕾絲的喲！」冷不防得按下快門，搶了格紋公主的一臉錯愕。

錯愕之後的憤怒，深刻、明晰。

格紋公主一度懷疑自己的聽力，傻了那麼幾秒，才好不容易回應：「不好意思，你必須選擇菜單上有列示的項目。」心底是氣到想將單眼小鬼扔上馬路給車撞的不痛快！

「無論是多麼麻煩的程序，也無法阻止這種人來到世界上啊……」

雖有不甘，格紋公主事後也只能這樣安慰自己。

「在哪？」回應格紋公主的叫喚，店長從櫃檯裡探頭出來，「請他進來坐啊？」

今天是上傳匯報註*的日子，店長總算乖乖待在店裡忙了一早上，剛剛人潮開始增加的時候，他也親自加入了服務的行列。

「他不會進來的……我也不想讓他進來！他是個變態！」格紋公主滿是沒好氣。

「變態？好久沒看妳生氣了耶……」打哈哈的態度，店長從櫃檯裡走出來。

他不敢笑得太開心，因爲他還搞不清楚狀況，一時卻又不知該怎麼安撫格紋公主，「哪一個？」

店長向格紋公主確認。

「就那個拿著單眼相機的……看！就是那個！他正在拍！」格紋公主在出餐檯旁待命，順手指向窗外。

「金髮、黃色上衣、土色短褲？」店長一下子就找到了單眼小鬼。

店長盯著窗外，在對街的男孩，格紋公主指認的單眼小鬼。

註*報税。

格紋公主沒注意到店長臉上的異樣變化：痴冷、凝滯，好似突然給人狠揍了一拳那般，錯愕、劇痛、不知所以，以致他不知該將什麼表情掛在臉上才好。

「就是他。」格紋公主利用出餐空檔，把玩起她的無智通。

「時間差不多了，這趟送完了就準備下班吧……」店長說。

「哦。」格紋公主沒抬頭，沉浸在她三吋世界裡。

店長隨即走向店外，向那男孩走去。

他每一步都充滿猶豫，那拖泥帶水又沒有節奏的步伐，讓他看起來像個喪屍。

穿越露天區時，幾個服務生接連向他打招呼，他都視若無睹，連虛應都沒有，踏上人行道的時候，還險些被階差絆倒。

閃著警示霓光的斑馬線，總算將店長護送到芸霖大道的另一側，來到男孩身邊：「好久不見。」語氣帶著些顫抖，店長主動向那男孩打招呼。

「走路不看路，危險啊……」男孩瞥向店長，微莞著說，「你怎麼認出我的？」

笑容透著幾分邪氣，摻著那些不應該的老成，冷不防地舉起那單眼，快取了一份店長的失魂落魄。

「銀色瞳孔。」店長表情呆愣，嘴如失控響板，逕自喀喀：「無論在什麼地方，都讓人無法忽視……」

男孩輕蔑恥笑道：「才多久沒見，你的馬屁就這麼響了？」

接著，他用左手從自己眼前輕撫而過，原本爍爍懾人的銀色瞳孔，轉瞬變成幽邃無垠的深墨漩淵，「那是因為你已經知道我的存在，於是這銀色瞳孔成為一種表徵……就像是『感冒的症狀會有發燒，但是發燒並不代表一定是感冒』那樣……在一般人眼裡，我也不過就是個有特殊瞳色的小鬼而已。」

「我知道。」店長僵硬搭腔。

「但是，既然你會出現，代表這裡也快到終點了吧？」他向男孩確認這點。

「終點？」男孩提高音量，毫無保留，釋放出那沒來由的高傲，「終點之後，總是另一個開始啊……不是嗎？」

他獰笑。

貳。

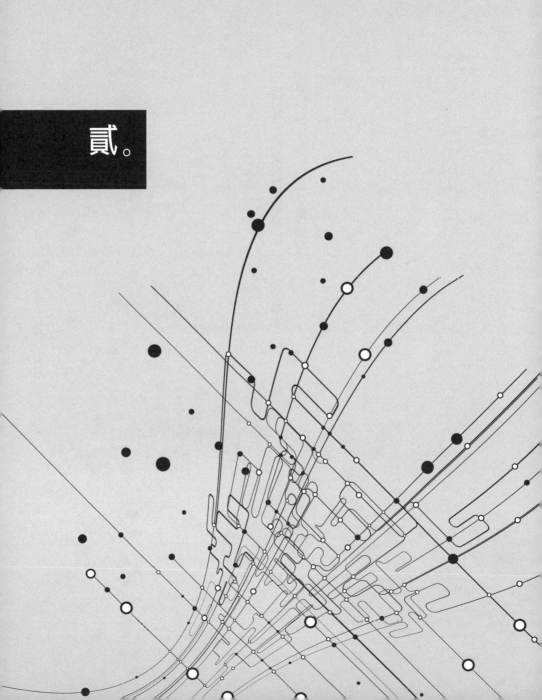

拼盤，通常是「兩種以上」的意思
有時候，也代表某種廣度。

左瀏海確認著無智通裡的訊息內容，漫步在芸霖大道上。

禮青經常提醒左瀏海「重要資料用手抄紙本」做留存。

然而，長久在科技產品飼養之下的她，根本無法養成這個「看似古老又帶著麻煩」的習慣，她依賴無智通更是蝕骨入髓的程度。

禮青讓左瀏海知道，堡台也有從辰封過去的人，以往她不願意主動接觸的那些人。

而現在，這些人的存在，卻令她爲之一振。

「之前都沒和大家互動，現在這樣會不會太厚臉皮……好像也還好，那邊的人總是來來去去，應該沒人會記得我吧？」如此的情怯，讓左瀏海又猶豫了幾天。

溺於數據互動的她，人際交流完全是位元空間的禁臠。

雖然在辰封的日子並不長，但是網路上也只有禮青能跟她瑣聊，對於其他的過客們，她未曾花上任何心思。

對於即將要見面的對象，無論是名字、性別或相貌，禮青隻字未提。

「我知道妳現在有很多想法……容我直說，那些想法，對妳目前的狀況並沒有多大幫助，爲了不衍生更多不必要的困擾，我覺得妳不需要知道太多，而我也將我的建議，濃縮成簡單的一個字——去，就對了。」禮青如是說。

於是，這個星期四的下午，微妙的公餘空檔，左瀏海挽著心中些許未退的忐忑，一同前往六二九巷。

芸霖大道，堡台市內的交通要道，沿路住宅、辦公大樓錦織交疊，將它織繪成一幅萬種風情的寫實畫。

左瀏海在都會公園下車，走了幾分鐘就看到六二九巷的示牌。

幾天前被她用來逃避現實的那家露天咖啡座，昭然若揭，在咫呎之距向她問安。

半島走廊，位於芸霖大道、萍霖路交叉口，市內頗爲人知的主題餐廳。

室外緊鄰人行道的露天咖啡座，是該店的營運主力之一，更是年輕男女相約集散的重要地標。

「這麼近啊？」左劉海呆了半晌，在巷口止住步子，下半晌，她和猶豫一同過了馬路。

在櫃檯遞出積分卡時，總算將猶豫扔了出去，牽回那盒體面的立方體，作爲她的新伴侶。

再次回到巷子前——那道夫在巷內仰睡，兩肩是供以行人的規矩石階，軀幹僅讓自行車、輪鞋經過。

踏上裁切矩正的石階，左劉海笑自己傻：「根本就不知道對方是些什麼人……我這是在幹嘛呢？」深知是那段不遠的過去在作祟，精美紙盒裡，都是他喜歡的口味。

服務生在裝盒的時候，左劉海想到那迷宮裡的薄餅人註*。

薄餅人張口朵頤的樣貌雖是討喜，但是，她現在無法面對那個空白的缺口。

於是，她加了兩塊自己喜歡的水果，將那薄餅人餵滿。

註*《小精靈》（Pac-Man）八〇年代頗負盛名的電子遊戲，設計者是Namco的岩谷徹。「缺了一角的薄餅」是岩谷徹創作此遊戲的靈感來源。

盒中那被餵滿的圓，就像是現在的自己，左瀏海遐思著。

每份切片，如同那些無法修補的過去，雖是僅餘的一部分，亦是僅有的唯一，支離破碎，卻又無法捨棄。

左瀏海清楚記得他的樣貌，在那邊被毀滅之前，那些充滿幸福的美好時光，總是一章一節，在記憶中一明一滅、忽強忽弱。

像是在提醒那段無法塵封的過去，更像是不願將那段過去在記憶中塵封。

那邊，那座美麗的濱海城市，左瀏海曾經與之共存的忘卻之都。

會忘、也許是記住會痛，會忘、也許是記著太過沉重。

那是座發達程度有過堡台而無不及的繁華都會，卻被那突如其來的覆天駭浪噬盡無存，汪洋水獄中，與禮青相遇讓她得以苟存。

回到上坡小巷，左瀏海浸浴在那幽靜宜人的舒適中。

巷外的嘈雜喧嚷被隔離得絲響無透，夾道民家牆內蔓蜿而出的綠蔭，隨著微風欷欷輕唱，好似在迎接她的到來。

她享受著這份舒適沁人的幽寧，那些苦澀的記憶，彷彿也得到了療癒，步伐更不自覺輕快，不一會兒，四〇號就來到她的面前。

大門外，僅能觀知主屋是兩層平房，銅漆門面，面上盡是美術幾何，整條巷子裡的款式似乎是統一的，一路上來的每一戶，都是她不知該如何去品味的雕銅意象。

左瀏海深深地按了兩下門鈴，靜待屋內給她答案。

等待，縱使僅是那無法計量的須臾，也總是被無法言喻的漫長所充滿。

一方面是有所求而衍生出的自熬，另一方面，是不知該如何面對他人將釋出的回應。

她這時又把禮青拖出來打發時間，計較著禮青不願透露資料的說辭：

「每個人都有每個人的隱私空間，即使你們在我面前根本沒有隱私可言……然而，我如果公開徵求他們的意見，不願意透露自己資料的人就會受到壓力，這樣其實是很粗魯的……我通知他們有新人會過去，也沒有告訴他們妳是誰，就如同我沒有讓妳知道他們是誰這樣。」

聽起來很公平？好像雙方都保護到了？

縱使左瀏海未能接受這樣的說法，當下也無語反駁，就在她心底嘀咕著禮青時，銅漆大門，右邊被人從裡面打開……

請進

夕陽紅在門這頭，一副鼓足勇氣的樣貌。

「沒問題吧？」銀碎花在門那頭，親切關心。

自上回二人的午茶閒敘之後，轉眼一個月就飛逝而去。

而今天，就等夕陽紅跨出她人生中的那一大步！

巡視車廂的車長正好經過，看見兩人在門口滯留，主動上前關切：

「有什麼需要幫忙的嗎？」

夕陽紅覺得超丟臉，一時也顧不得封閉空間的問題，匆忙慌亂的搶進車廂，同時向車長賠不是：「沒事！沒事！不好意思……」

車長展開不介意的微笑，禮貌地說：「等等若有什麼需要，可用位子上的對講機和我聯絡。」向兩人致意後，緊接著就穿過通道門，往下一節車廂巡視。

兩人進入與車長反方向的車廂，銀碎花輕搭著夕陽紅的肩：「感覺怎麼樣？」

「現在是沒什麼不舒服。」有人作伴、車掌親切，這一大步比想像中順利。

到了位子，銀碎花順手就將雜什安置到座位上方的置物架，夕陽紅鬼祟環伺周圍：「人好少。」

輕言細語，在寬敞的車廂內顯得錚錚有聲，僅有的「同廂」，是五排之外的一對母子。

「這樣比較好啊，人擠人總是不舒服，不是嗎？」銀碎花顯得挺自在。

「你到底去過幾次？怎麼都沒聽你提過？」夕陽紅從手提包裡取出遊戲機和耳機，將遊戲機遞給他。

總局為了強化個人在精神上與實際上的獨立，緣吉也不是想去就能去。探親之前，還要另外向總局提出申請。

雖然，未曾聽過總局有駁回申請的判例，但是，這道看似可有可無的「盲腸手續」，就足以令多數人心生怠惰：嫌麻煩、不想申請、以致於懶得探親。

銀碎花從夕陽紅手中接過遊戲機，暫時擱在前方椅背的置物桌上：「三、四次吧……最近的一次好像也是『前年』的事了……」他驚覺自己對於母親的疏於探視，顯得有些愧疚，但是態度也沒很認眞，講著講著越來越小聲，企圖就這樣矇混過去。

夕陽紅笑著沒好氣，板起臉斥責：「不肖子！」

銀碎花則是嘻笑辯護：「別這麼說啊！網路很方便啊！看得見也聽得到，所以我也就沒那麼勤……欸，我肚子怪怪的，先去一下洗手間！」屎遁顯然是他目前迴避責難的最佳方案。

「我代替後庭管家詛咒你！」夕陽紅笑著恐嚇銀碎花。

後庭管家，高科技的全自動馬桶，公共盥洗室的基本配備。

它那人性化、高水準的設計，讓每個人一生中必要的頻率，幻化爲輕鬆美妙的音符，使如廁成爲一種享受。

然而，機器終究是機器，據總局技術室統計，後庭管家有「一千三百九十八萬三千八百一十六分之一」的機率，會開出舉世無雙的芬芳大賞。

銀碎花笑著與她暫別，夕陽紅掛起耳機，列車也開始運作。

車廂內的擴音器叭啦叭啦，滔滔不絕的複誦著那些它必須重複的內容：「……路程中，我們會經過車龍普斷層，該斷層纖細敏感，本列車將調整至最適當的車速，以維護大家的安全……」

仰倚在合成絨上，輕柔沁心的音樂在耳邊細唱，夕陽紅撇頭望向窗外，想讓眼睛享受幾分陶冶，卻僅有無垠深邃的幽暗可以伺候她。

「等等會離開隧道吧？」於是她闔上雙眼，靜待光明重現。

睫毛拉下了眼瞼，面對的是屬於自己的幽暗，與窗外那片不著邊際的深邃相較，充滿著溫暖又熟悉的片段。

夕陽紅隨著回憶的川流中溯行而上，划盪起沉澱多時的過往波瀾，渡過那些和父親相依互存的日子，酸甜苦辣的種種，片刻後，她來到了父親遷居當天的灣岸。

那尊外觀醜呆的壺仔，以及隨附在它身旁的杯們，一同來到家中。

它們迅速俐落，不一會功夫，就將父親的行李打包妥善，緊接著就開始叭啦叭啦那些基本規約、探訪須知之類的裹腳布。

還沒搞清楚裹腳布該怎麼使用之際，父親就乖乖跟著它們去了。

那種說不上來的落寞，就這樣烙鑄在心底。

「爸爸那天的表現會不會太過自然？自然到我覺得他一點都不難過？還是自己心底那份被慣壞的依賴感，令我無法接受這個事實？」

睫簾這時拉開了瞼窗，廂內日光，及時遏止了隨著回憶開始增幅的低落氣壓。

銀碎花還沒回來，他的腸胃不適，顯然是煞有其事。

列車也還沒離開隧道，夕陽紅不想與窗外的深暗打交道，於是隨意瀏覽起置物架下方的車廂廣告。

目光經過某個廣告，讓她專注了一會兒，那是一款熱門遊戲的橫幅海報。

橫幅海報裡是一位穿著華麗戰甲、意氣風發的女生。

她手上拿的武器，讓夕陽紅無意間想起校園時代的某個人：剛認識的時候，覺得她應該是個好相處的女生。

槊鐧纓

「叫我嘉嘉就可以了，有人跟妳一組了嗎？」

我不時打量著那澤澤耀眼的深色綢緞，一面向它的主人提出邀請。

那堂必修學分，是這短暫友誼的起點。

槊、鐧、纓，分別是三種古老的武器，據說都是用來對付野生猿的道具。

長柄有尖頭的稱槊，兩支一對、丟出去會飛回來的稱鐧，三枚一組、銳部有毒藥的稱纓。

她的行事風格，正如那些剛強道具，對事總能乾淨俐落，對人就顯得太過鋒利苛刻。

也許很清楚自己的個性，鋼纓也不太主動和班上的人交流。

然而，她也總是有一些令我不知從何駁斥起的說辭：

「主動去打成一片的意義何在？讓每個人都喜歡妳嗎？喜歡之後又能怎樣……濫人際只會空耗自己的時間！還讓別人還要抽出時間來應付妳！這不是對任何人都不好嗎？」

我發誓我在認識她之前從沒想過這件事。

濫人際，是鋼纓的慣用語，泛指「爲了交朋友而交朋友」或「別有用心的交際式友誼」，簡言之，就是氾濫的人際關係。

她對濫人際的針砭總是不留餘地：「那種人通常就是沒什麼能力！所以才要靠不斷的糾眾結黨，來滿足他們潛意識裡脆弱的安全感！」

基本上，只要鋼纓不生氣，我都不會有安全感被剝奪的惶恐。

與其說鋼纓不懂人情世故，不如說她是看透了某些人情世故，所以才表現出比一般人更強硬、更嚴密的防衛態度。

由於自己也覺得有些白目，所以我始終沒問她：為什麼妳願意跟我這樣沒能力的傢伙保持著友誼呢？

縱使這份友誼並沒有很長，但是說真的，我並不討厭她。

「能彼此吸引的，自然就能成為朋友了，不是嗎？」鐧纓每次這樣講，我僅能傻笑以對。

人際關係雖然沒有想像中複雜，實際上卻也不簡單。

如果每個關係都靠自然形成，會不會又走入另一種不切實際？

很多關係，根本無法自然形成啊！

「雙方根本合不來，又何必去浪費彼此的時間？筋疲力盡之後，就算將對方完全瞭解……又能怎樣？人跟人之間本來就不需要徹底瞭解啊！」

雖然我也認同不需要徹底瞭解，但是如果連一點瞭解都沒有，又怎能判別自己和對方合不合呢？唉、我覺得她應該是受過一些我無法想像的創傷！

「嘉嘉！人與人之間需要的正是距離！朋友之間更是如此！那種想盡辦法拉近彼此距離的觀念是完全錯誤的！無論是外在環境還是心理狀態，人都是需要距離的！群聚過度的動物，會因為壓力而彼此殘害，人也是一樣……既然我們是朋友，我希望妳能瞭解這件事！」

在認識她之後，我確實是瞭解了。

細節已經記不清楚，應該是我一直向她追究某個雞毛蒜皮的事，把她激怒了。

她覺得我在挖掘她的隱私、認為我侵犯到她。

對於無法遵守承諾的人，鋼纓也幾乎沒有寬諒的空間。

某科目報告的小組聚會，一個女生遲到了幾分鐘，理由是她男朋友去接她的時間晚了。

鋼纓那鬼上身般的暴怒把大家都嚇傻了！

「妳男朋友晚接關我們什麼事？妳沒手沒腳嗎？非要靠那個不守時的傢伙當妳的司機？

這種不守時的傢伙妳竟然還跟他繼續交往啊？」這樣毫不保留的人身攻擊經常發生，雖然有的男生確實也不是什麼好東西。

錮纓完全不顧對方的男朋友是否在場，以致這樣的人身攻擊，經常演變爲攻擊人身。

我遇過兩次，對方的男友當場被激怒，衝上來就要動手，但是，一個被她摔到輕微腦震盪，一個被她打斷鼻樑掩面痛哭。

被她修理的絕不止這兩位，以致她經常被學校提報特別輔導，有幾個利樂皇註*常常來學校找她。

她這病態的高標準對我也不曾例外。

有次我差幾分鐘就要遲到，她目露凶光、語帶恫嚇：「我差點就要對妳失去信心了。」

我臉上掛著三條線，整個討論過程都無法集中精神，滿腦子都在假想遲到的下場——不管是腦震盪還是斷鼻樑都很可怕！

註*利樂皇，飲料包裝的一種，頂部造型像屋頂。

腦震盪那位被她過肩摔，當場就昏了過去。

捂著漏血斷鼻的那位，痛苦求饒，他的悽慘哀嚎，讓我當天晚上做了惡夢。

那是我和鋼纓同組以來最痛苦的三十分鐘，我們的友誼也在那次之後開始變色。

不知什麼時候開始的，家尉那個時候正在追求她。

至今，我仍不清楚她當時對家尉抱持著什麼樣的想法，然而，她當時對待家尉的種種，我實在感覺不出她對家尉有何好感，更搞不懂家尉是喜歡她哪一點。

「男人對我沒什麼用！結婚不過就是給他們一張可以合法跟妳上床的執照而已！我對這類事沒什麼興趣，妳有興趣就麻煩妳去處理他吧……叫他不要再隨便打電話給我了！」

鋼纓的邏輯簡單明確：既然沒打算結婚，交男朋友就是在浪費時間。

虔老先生

「妳一定就是那位新夥伴。」銅漆大門裡面，那男人恭謙有禮。

他臉上雖然沒有什麼表情，卻散發著某種微妙的親和感。

「抱歉。」男人主動伸了手。

他輕牽起左瀏海的左手，端詳了一下，接著莞爾道：「恕我失禮，但妳顯然是本人。」

左瀏海曾困惑著對方要如何認出她，現在，她卻因爲對方認出她而不知所措。

心裡痛斥禮青如此對待她，表面卻因不知所措而無法自己，支吾嗯啊，左瀏海努力將笑容從已被錯愕壅塞得僵硬不化的臉上給擠出去，她不知要如何粉飾這昭然若揭的事實，她巴不得這隻手不是自己的，心底更是將禮青恨穿。

數位依存者的通性，慣於「指來指去」。

所以，當面前的事物無法再靠手指去打發的時候，焦慮、無所適從，就如洪水潰堤般，無法抑制的崩洩而出。

爲了搪塞彼此之間那無言的空虛，爲了掩飾自己的社交貧乏；不是劈里啪啦得亂聊瞎謅，就是沉默地像含著黃蓮般置若罔聞。

「別太在意。」男人微笑，企圖代左瀏海褪去那無法自掩的尷尬。

「他沒告訴我很多，所以，妳不要太在意……」黑瞳黑髮、東方輪廓，淺淡膚色，透出稻熟時的金黃生命力。

事展至此，已經很難不在意，特別是像她這樣的數位依存者。

人與人之間的即時互動，無法像網路留言那般便利：想說就說、想刪就刪。要隱藏自己，就多開幾個帳號，將帳號間的友人區隔：敲敲鍵盤、輸入資料，不用多解釋什麼，更不用管別人怎麼想。

長時間活在虛擬空間的僞護下，在實境的人際互動中更加沒有承禦力，稍被人察覺些許短處，就覺得無顏面對所有的一切，某方面來說，這僅是他們自己將數位世界擅作延伸。

他們在數位世界，對於犯錯者毫不留情的痛罵、批判，以致於當他們自己有所失誤的時候，過去圍剿他人的剛愎與激昂，轉瞬就化爲反噬自己的心魔。

「快進來吧！雖然這附近黃蜂不多，遇上了也是挺麻煩。」男人敦促著。

將門帶上，領著左瀏海，一同經過院子，靜置在院內一角的幾台自行車和一些大型兒童玩具，吸引了左瀏海的目光，男人這時也好巧不巧的開口：「他用家庭的形式幫我掩護，等到那天來臨爲止。」

家庭一詞，悄悄開啓了左瀏海記憶中那段銘心的刻誌。刻誌裡的那段椎心劇痛，從記憶深處湧竄而出：劇痛讓她不由自主，將視線凝聚在男人插在褲口袋的右手。

「一方面是我的年紀，沒有家庭會很麻煩……另一方面，也是我多管閒事，逃出來的時候擅自帶了小苜……她還太小，二型於是要我負責，要我照顧她至少到那天爲止……」

男人在左瀏海前面開門，他用左手開門。

進了主屋，男人示意左瀏海在客廳稍坐，自己走向廚房：「二型因人而異……雖然他還是無法完全顧及我們的想法，但是很多狀況下，我覺得他還是勝過那些心。」

左劉海還不想那麼快就進入主題，於是言他：「這是我的一點心意……他只要我來找你們，沒說你們有多少人……你都叫他二型？」

將蛋糕放在長几上，左劉海隨意挑了一個位置坐下。

客廳裡有些淩亂，四處都有像是零件、道具的東西被擺放著。那些東西烏漆抹黑，寥無生氣的樣貌讓人看了就不舒服，沙發上也被隨意擺放了幾組，像是已經組裝完成，看似是某種深色金屬所構成的東西。

「妳眞客氣。」男人笑著步出那別具風格的開放式廚房，托來剛打理好的飲料和盤叉。

他在左瀏海對面坐下：「妳都習慣叫他禮青？就我所知，他跟每個人講的名字都不一樣……或者說，他沒有統一大家對他的稱呼，他認爲名字不重要，認爲名字就像職稱、官銜那樣，對他來說毫無意義……當然，因爲『他』不是人類，所以妳不用跟『它』太計較。」

「它是機器，當然不在意別人怎麼叫它……」左瀏海嘟囔著。

男人在左瀏海對面坐下，將熱飲分別注在那兩對美術瓷中。

這時他總算把右手亮出來了：看起來不像義肢。

「它從來就沒告訴我它叫什麼，禮青還是個死人的名字……」

沒讓男人獨忙，左瀏海跟著幫手，將那體面的盒打開，把切片點心伺候到彼此的盤中。

男人看了那盒子，發出讚嘆：「半島走廊？妳也是內行人！」

男人隨手拿了那盤草莓慕斯，接著自我介紹：「對了，我在這邊的身分姓虔。」

「我姓盧……」左瀏海遲疑了一下，只說出自己的姓。

她用叉子刮食著他生前喜愛的大理石起司，更不時偷瞄著奪走她草莓慕斯的男人。

「盧小姐，我也曾經和妳一樣，苦於無法適應周遭的種種，然而，這一切除了面對、接受之外，也沒有更好的辦法，但是，當妳越是試著去瞭解這一切，妳就越能獲得一些釋放……妳願意讓我知道，妳對目前的狀況認識多少嗎？」

左瀏海於是回想著，禮青的確對她解釋過不少關於城市、園區以及眾心的事。但是她記得清楚的根本沒幾樣：因爲禮青總是順著她的情緒。

任誰都能理解，想要正確的知道一件事，就必須用正確的方法。

很多時候，更需要透過勉強自己，才有辦法獲得事物的正確面貌，甚至，必須克服一些自己曾經排斥的事物，因爲，那些被排斥的部分，通常就是我們無法獲得眞實的關鍵。

左瀏海支吾其詞，帶著幾分羞愧：「其實一直都不是很瞭解。」

她辛苦得在記憶雜箱中翻出了些東西：「每個城市其實是一個園區，每個園區都有一台總理一切的電腦……園區之間並不相通……你在辰封之園滯留多久？」

左瀏海在取出那些破碎印象的同時，默默承認，將禮青的溫柔化膿爲驕縱的關鍵病毒，正是自己在歇斯底里邊緣遊走的情緒化。

雖然，任誰都無法輕易接受，自己長居久存的蜷曲安境，在一瞬中消逝無存。

但是，任由自己沉溺在躊躇鬱悶，見人就要傾擲滿腹委屈的情緒缸槽中，顯然也不盡正確。

「禮青若不是電腦，可能早就不理我了吧？」左瀏海想。

沒有人願意被負面情緒影響，沒有人希望活在負面力場當中。

微妙的是，每個人卻無時無刻都在製造負面情緒，企圖把負面能量扔給別人，從別人身上換取正面能量，如此的荒謬，經常在不自覺中發生，久而久之、因循沿襲，變成一種無法自制的理所當然。

「……其實沒有多久……但是，說實話，我有想過永遠待在辰封。」回應瞬間的微妙語塞，不影響男人的坦率，然而，頰上卻也少不了幾分慚色。

「但是二型很謹慎的跟我說：這裡不過是個休息站，你們不可能永遠待在這裡……這個地方，在我達成目標之後，也會將它關閉……你們勢必要回到屬於你們的生活，所以，只要有機會，我會盡可能的將你們送回一般的園區。」

「它也是這樣跟我說，我以爲它只是想把我趕走。」左瀏海嘟噥。

她緊接著驚覺，面前的大理石，竟然比對面的慕斯結構還不耐口慾之強！

在初次見面的男士面前，盡露饞相，頓時讓左瀏海感到有些丟臉。

也許是中午沒用餐，也許是半島的口味讓人無法自制，左瀏海有點抓不住自己的食速。

她立刻採取拖延戰術，開使用叉子玩弄起盤中那所剩無幾的石渣，扭捏得配了口熱茶，心裡嘀咕著那男人挑戰著她淑女尊嚴的細嚼慢嚥。

男人這時卻完全停下了蠶食，認眞將話題延續：「但是，每台電腦都有它們自己的準則……以老青分居來說，堡台這邊五十歲會被強制圓寂，我之前住的地方卻是四十五歲，我現在還能和家人同住，是因為小苜只有七歲。」

堡台輔幼條例第五條：未成年者，家長若臨退休年齡，將依安享條例第十三條辦理緩退。

「你有五十？」左瀏海一臉不可置信。

她看不出歲月在男人臉上的足跡，更不見他頭上的斑白微光。

男人笑語：「很多人都不相信，但是，外表看不出來是沒用的，黃蜂會進行生體時流檢測，這個資料是連二型都無法捏造的，我能在這邊安然無虞，完全要感謝小苜。」

視覺是人類接觸事物最基本的單元之一，即使它提供的資料未必眞實，人們還是難以擺脫它的左右。

數分鐘前在大門口，左瀏海因為男人的面貌，甚至有那麼幾分悸動。

現在則是被這突如其來的不協調悶了一棍——根本是作爸爸也剛好的年紀。

左瀏海暗暗自喃，心裡一些無意義的遐想也跟著幻滅。

無論是實體的外在，或是不可視的內在，距離，就是這樣微妙的空間感。

這樣的空間感，通常會比沒有距離更讓人舒適自在。

知道男人是父親般的輩分後，左瀏海的表意識迅速做了修正和調整。

那些源於自以為的矜持，全被甩往不屑一顧的角落。

「禮青沒辦法幫你換嗎？總會有比堡台好的吧？」左瀏海乾脆得把石渣塡入口中，再從盒中取出一塊蛋糕，痛快朵頤。

「這就是問題所在，大部分的園區，強制圓寂的時間都很早，堡台已經算晚的了。」

高度的科技，使每個人獲得知識、學習技能的時間大幅被濃縮。

需要勞力的事務，很多都由黃蜂以及一系列的機器人負擔掉了。

比起充滿情緒又溺於自我膨脹的人類，眾心寧願改進機器人的效能，也不願讓人類在城市裡多待幾年。

男人順手將殘餘的幕斯放到一邊，抽了張便條紙，寫出緣吉二字：「妳還有印象嗎？妳來堡台之前，妳們那邊都怎麼稱呼安養園區？」

「記不太清楚了……應該是這樣。」

左瀏海接過男人遞給她的筆，在緣吉一旁寫了原極二字，視覺餘光，又忍不住在男人右手上掃瞄。

「在形意上，它們完全是兩個意思，然而，它們共同的本意，其實是這個詞。」

男人在紙上剩餘的空白處，補了圓寂二字，緊接著說：「這是源自於舊時代的辭彙，我們所獲得的資訊都是經過修改和粉飾的！」

隨著男人的滔滔不絕，左瀏海將第三塊蛋糕挪進自己盤中。

「這個詞彙源自某個宗教，我們甚至不知道什麼是宗教！總之圓寂就是指死亡！」還不至於失態，但是感受得到充塞在話語中的激動。

激動的根源，顯然蘊含著他離鄉背井的原因。

他接著又說：「安養園區根本不存在！任何一個地方都是！集中安養，只是眾心做出來的幌子！」掩蓋不住的憤沸之氣，騰騰而出。

味覺的滿足，讓左瀏海未被男人逐漸高漲的情緒給影響。

但是也讓她踩進另一個懸疑泥淖：「死亡？它們把老人集中起來處死？」

想起十七歲時去了原極的母親，直到駭浪末日前都還有持續聯絡，那些多媒體影像、生活剪影，難道都是假的？

男人調整了自己的坐姿，癱倚在舒軟的靠背上，冀望舒緩自己逐漸繃緊的情緒：「是人都免不了一死，那是必然又絕對的終點……但是，如果去緣吉僅是死亡那麼簡單，我也用不著逃……」隨著回憶一同浮出水面的餘悸猶存，在男人兩頰霾布而起。

「我不懂，在海嘯毀掉那邊之前，我甚至有去看過我媽……」第四塊是繽紛華爾滋，引領著左瀏海潛往另一個記憶淵峽，那幾次若有似無的快樂餐敘。

男人接著回應：「妳也許是眞的有打算要去，甚至登上了專用列車的月台，踏進了專用列車的車廂，然而，實際上妳並沒有到達那個地方。」一字一句，盡是斬釘截鐵。

左瀏海不自覺地放慢食速：「怎麼可能……」那充滿眞刻的斬釘截鐵，釋放出某種壓力。

縱使沒有很想聽，但是源於表意識的警示機制告訴她：即使是虛應敷衍，也屬必要。

緊接著，男人用見面以來未曾有過的深沉做出總結：「妳要如何抵達根本不存在的地方？」

瞳底白晰，彷彿在嘲笑，嘲笑墨瞳中探視不到的眞實，嘲笑枕葉註*上的抄本全是僞物，空虛頽然，從回憶中舞爪而出的幽冥魅影，彷彿將男人的精神、靈魂一噬而盡！

失去靈魂的男人，不知已是什麼的化身，雙瞳透出懾魂噬人的絕望幽息。

左瀏海不寒而慄，虔先生像是變了個人，她怯生地從喉頭硬擠出幾個字：「要不要再加點茶……」伸出微顫的手，準備要將那別緻的壺執起。

客廳裡的音響設備，彷彿察覺了目前負面高壓，驟然出聲：「虔氏館的各位好，貴府長女琳紫苜將於三十分鐘後放學，依照協約表定，今日應由家長虔震三先生執行親迎事務，祈請震三先生善盡應盡的義務，遵守共同倫理規範，爲自己樹立良好的長輩形象，成爲孩子可

註*枕葉，大腦皮質的一部分，目前所知的功能，是處理視覺訊息。

靠的寄託與模範。」這是「至聖系統」一部分的功能。

總局透過這個系統，協助學齡子女的家長，維繫應有的互動關係。

協約表定，是家長們必要的遵守事項。

由父母事先自行協調，安排出接送子女的日程，每個月將資料上傳到學校的系統中，系統屆時就會提醒表定的人選。

男人頓時滿面豁然：「糟糕，我差點忘了！」分秒前的沉重鬱悶，被親迎訊息一瞬九霄。

他再次掛出不久前的親切和藹，如此急劇的反轉，更突顯了小苜在他心中的重要：「有人會嫌系統煩，但是我其實還滿喜歡這項服務。」

反射性得瞄了一下牆上的美術鐘，男人開始打理桌上的餘庶，同時邀請左瀏海：「學校離這邊不遠，不介意的話，可以一起去，路上可以再多聊聊妳的事……剛才眞是失態，一股腦地越扯越遠……」

「我比較抱歉才是。」左瀏海微笑圓場。

無關性別、年紀甚至是閱歷深淺，每個人都有自己難以應付的脆弱。
旁觀著這位男人的情緒潮汐，左瀏海自省了不少。
「就讓我認識一下小苜吧！」她用大方的興致勃勃，回應男人。
兩人俐落地將午茶尾巴收拾妥善，趕著上路。
過程中、左瀏海仍不時注視著男人的右手。

西點

「畜生。」男人右手執杯，貼近唇緣，硬是在飲料入口前喃上個咒罵。
「這麼愛殺價，怎麼不乾脆去殺人？」左手操弄著木星無界，瞳心冒火，瞪視著十吋液晶裡的一份電子郵件。
標題：【轉寄】管委會來函。
室內一隅，男人獨自兩位桌，沒有領帶，淺色西裝外套。

右腕上彷似電子錶的合金手環，映在冷光裡的數字，隨著分秒略有變化，卻弄不清它在計算什麼。

「沒領帶」置身在四神腳下，不久前才爲這頓美好的午餐畫上句點，而這數分鐘前的愜意滿足，全被這封不討喜的郵件給攪和了。

四神腳下，鄰近四神壹零壹的主題餐廳，獨特的加勒比風格，讓位在巷內的它，客流量亦不遜於大街上的其他同業，在百家崢嶸的腳邊地帶註*，穩占一席之地。

四神壹零壹，西堡台的代表性地標。

四「神」，即指四「紳」，藉指西堡台四家極具規模的企業，他們合力興建該大樓，組成委員會，共同經營該大樓的各項事務。

大樓的營運積分主要來自場地收入。

無論是一般的辦公場所，還是公關活動的展場空間，壹零壹大樓，總能確實符合使用者們的需求。

註*市民對壹零壹週邊商業區的慣稱。

仰賴遍布大樓內的樓板精靈，壹零壹吸納了堡台市內近百分之八十的工商行號，將總公司或重要行政單位設置於此。

樓板精靈，麒來科技公司劃時代的電子建材，高科技的辦公家具。配合事先在大樓內預設的精靈埠樁，透過別名精靈手杖的操作介面，可任意改變隔板的排列與外觀，輕鬆滿足業者們對於空間規劃的需求。

然而，無論是什麼樣的產品，當使用者越是瞭解，就越容易引起價格衝突。特別是當使用者自以爲比販售者更瞭解產品的時候。

那封不討喜的郵件，沒領帶簡單回覆：告訴他們，精靈已經站在底線，不想續約就拉倒。

接著將隨身雜庶收了，更不客氣地帶走一份謝謝光臨。

離開餐廳，出了三十九巷，壹零壹就在面前，沒領帶卻不想回去，每一步都是沒勁。

「爸！這次滿分你要給我屠龍武士！」

那對從身旁錯肩而過的父子，讓他想到一個好地方。

穿越寶桑大道，沒領帶來到壹零壹門前，他用無智通通知祕書：「通知司機，到莉正門。」

一樓大廳，另稱麒來謁堂，四個方向的大門，則分別以井福、莉正、寶澄、辰恩四家企業來命名。

沒領帶剛走到莉正門前的停等區，深暗的「麒-06」隨即從容出現。

像個孩子般，沒領帶一開車門就把公事包往裡扔，「去崇西，過管制哨之前通知我。」門都還沒帶上，他就迫不及待的發號施令。

「這種時間？去會館找那個按摩小姐？」

司機是個女的，口氣卻不像司機，質問，帶著幾分戲謔。

沒領帶被女司機的口氣嚇了一跳，倏的抬頭確認，一看到是自己料想中的臉孔，他立刻鬆了口氣：「那種小女生……妳今天怎麼有空？」

「再忙，也總是會有意想不到的空閒時間。」女司機說。

「也是。」沒領帶褪了西裝外套，隨手掛在前座的椅背上，「今天下午沒什麼重要的事，所以我想看看那個東西的進度……就是妳要我做的那個東西。」

「以麒來的技術，會有問題嗎？」

女司機發動車輛，綠光面板透出「手駕」的字樣。

她和沒領帶的互動極爲自然，完全沒有從屬關係的隔閡。

「我只是想打發時間。」沒領帶癱懶在舒軟的靠背上，深呼了口氣，想就這樣將滿腦的雜庶賴進柔軟的沙發裡。

「想聽什麼？」女司機親切笑在後鏡裡，順手從耳後髮際抽出一條電子傳輸線，直接嵌進播放面板上的某個埠口。

「來點舊時代的東西吧？那個什麼駿的……」

「他是玩動畫的，你說的是他好朋友。」笑著糾正，不一會兒，澄澈旋律，隨即在車內悠揚環繞。

縱使沒有任何血液沾染在那傳輸線上，沒領帶對女司機從耳後取出不屬於正常器官的東西，毫不詫異。

堡台商用庶務單元規範第七條：庶務單元之外觀，不可任意變造，更不可以人爲變造範本。

沒領帶仰望著天窗外的悠藍，輿嘆出聲：「其實，這樣也不錯？」

一手探向臥肘內側的觸控面板，將天窗打開，「不管有沒有這扇窗，天都是一樣藍，又何苦在這片玻璃上做爭究？又何苦一定要飛出這扇窗？」

「想放棄了？」

「還不到那種程度，畢竟，要來堡台也是我自願的。」

「對你來說，也許都一樣，但是，從站在窗外看著你們的角度來說，亟欲從窗內出來的角色，他們在意的，通常不一定是窗外有些什麼，而是企圖捨棄某些事物……捨棄一些存在多時，卻無法接受的事物。」女司機說。

「若是捨棄，把不要的東西直接丟出去，不會比較簡單嗎？」

「你是人，你應該比我更清楚，人生很多時候無法那樣簡單。」女司機笑道。

沒領帶覺得自己被將了一軍，冷哼道：「光是一股腦的想出去又能怎樣……」

「與其說『能』怎樣，不如說『想』怎樣，你有既定目標，無法理解那種爲了改變而改變的行爲……改變對那些角色來說，並不是眞正在自我提升方面做增進與培養……他們多半僅是抱著一種僥倖、碰運氣的賭博心態，利用一些滑稽飾詞將自己麻醉，透過這樣的麻醉，他們才有辦法理直氣壯！然後才能藉著那種脆弱的理直氣壯來自我膨脹！企圖在短時間內剽取無與倫比的輝煌皮囊，藉此遮掩他們心底那份徬徨無助的徹底裸露！」說著說著，女司機文謅謅了起來。

沒領帶聽了笑問：「妳這樣四處臥底，應該也有在學校扮過班導吧？」

「是有那麼一、兩次，那沒什麼，就是陪小鬼們玩而已。」女司機一派輕鬆。

教育之所以重要，正是它無以言喻，卻又影響深遠。

無事不管的堡台之心，在這方面更未缺席。

至聖系統，是堡台教育的總管，它對每所學校配置相對數量的窖售，統一傳授經過認定的基本知識給每位學生。

爲了配合至聖系統，讓教育品質更趨近於完善，堡台之心授權各學校開設一定數額的班級導護，將人力集中在輔導個別差異、加強品格薰陶等較爲纖細的層面。

「我以爲當班導很辛苦。」

「對我來說是沒什麼差別，對你們來說可就各自表述了……舊時代稱班導爲老師，他們連窨售要做的部分也要做，有事沒事還要當家長們的出氣筒嘞！」誇張的表情，不知是在爲那遙遠的無辜叫屈，或者僅是閒嘴嘲笑，那些濫發責難的一方。

二人天南地北隨意雜聊，關係顯是熟絡。

隨著輕鬆嬉笑，深色房車已過了好幾個街口，窗外景物越來越稀疏寂寥，轉眼，已駛在某個通向偏遠陌生的筆直大道上，僅有分隔島上的木棉樹，維持著幾分眼熟。

眼熟的木棉樹，在市內處處可見，然而，在分隔島上的它們，卻透著難以經意的不協調，隨風搖曳的翠綠盎然，好似在嘲笑著大道兩側的瘠黃槁禿。

「有件事我不太懂。」沒領帶瞥向窗外的黃土礫原。

「說來聽聽？」女司機把車切進外車道，讓沒領帶距離黃土礫原再近些。

「它們一直重複那些程序，相關的數據、資料什麼的，應該都很完整了？」

「應該是。」

「既然這樣，堡台爲什麼還在擴張園區？維持一定的規模不就好了？」

沒領帶望著窗外的黃土無垠，那片尙待開發的寂寥荒原。

「也許是接受長老們的特別指定，要去實驗或完成什麼東西……也有可能是自身的私慾，驅使他要去完成一些滿足自我感覺的事。」女司機模稜兩可。

「爲了自我感覺良好啊……」沒領帶不經意地檢查了一下自己右腕上的合金手環。

陌生的筆直大道，盡頭浮起一頂黃色琉璃瓦。

琉璃瓦下是個關口般的城門，城門左右是盡情延伸至不見邊際的城牆，城牆則屹立在古典新穎的交相融合之上。

特殊合金的牆面，展現著堡台的進步與前衛，牆面上的圖騰壁畫，似是身覆鱗片的傳奇生物，闡揚著堡台獨樹一格的東方味。

「總裁，你該整理一下你的邋遢樣囉！」

名爲崇西的地方，總局特許授權給麒來科技公司的實驗園區，由那獨樹一格的東方味，緊密環抱。

參。

「形」文，泛指使用時
「不一定能明確判定其發音」的文字。

金黃灑落的早晨，再次爲堡台升起美好的一天。

一如往常的通勤漲潮，一如往常的黃蜂傾巢，一如往常的理所當然，身在堡台的每位角色，在堡台各處詮飾著這一如往常的安和樂利。

即便這安和樂利昭然若揭的無趣，縱使這太平盛世堂堂可鑑的乏味，每位角色仍欣然接受、半推半就，又或是倦怠不甘、滿腹怨騷，照著那一如往常的劇本，粉墨上場。

一如往常，圓領衫穿越了人潮川流的廣場，走進花狀標誌的簷下，步向不同往常的閘道。

在總局的人們，無一不希望能進入輔政室，然而，圓領衫對這天外飛來的一切，仍留存著相當的質疑。

「你去那邊會不會適應不良呢？似乎是個很忙的單位，幾乎沒在交誼廳碰過他們呢！」

前天下午在半島走廊，亮子栗是這麼說的。

新單位登入的閘道已來到面前，陌生、好奇，讓圓領衫忍不住放慢動作。

這個閘道沒有感應裝置，取而代之的，是一組九宮格的鍵入介面，以及一個自動販賣機般的覆蓋置口。

腦中又泛起亮子栗的某些證詞：「果然是不太一樣的單位，我之前調單位，都有咖啡杯去家裡面談，識別證什麼的，當場就發了……」

「這個閘道平時都很寂寞吧？」圓領衫逕自遐想，照著前天抄存下來的音數字，在鍵面上輸入，不一會兒，新的識別證就落在覆蓋置口裡：市政總局輔政司。

「司？」這個職銜令他十分錯愕，和前天亮子栗挖苦他時一字不差。

圓領衫自認不是在血汗中打滾的勤勞角色。

卻也不是那種任其自朽、終日渾噩的喪志份子。

他認為世界上的每件事物都是個局，每個局都有它一定規則。

想要在局裡安然無虞，就要多瞭解局裡的規則。

即使是調換單位的連帶升等，也不可能一次跳到最高級。

圓領衫打算晚點再追究識別證上的錯字，隨手將識別證收了，步向電梯：「今天遲到有點說不過去……」

平時常遲到的他，今天也不由得要去擦拭，那第一天到任的貞節牌坊。

圓領衫來到那黑底白字的示牌旁：核心輔政室專用。

押下按鈕的瞬間，周圍數不盡的異樣眼光，如萬箭齊發般聚了過來。

那些夾雜著各種情緒的注視，構成一團令人不舒服的氛圍：「看什麼看？沒看過輔政室的人上班嗎？」圓領衫暗自不悅，又去按了一下已經亮著的電梯鈕。

催鈕，這種行爲本質上沒有意義。

它和大部分的小動作一樣，是一種發洩。

透露當事人無法壓抑某種心理狀態，所表現出的移轉行爲。

這無意義的小動作，卻讓圓領衫不經意地瞄了一下那黑底白字的示牌。

「專用電梯……其他電梯都不到B1嗎？」

這靈光一掠，讓圓領衫沒來由得雞皮疙瘩：「之前有這座專用電梯嗎？」

縱使堡台之心在總局地下室是眾所皆知的事。

但是平常在搭乘電梯的時候，根本就沒看過鍵盤上有B1的鍵鈕。

即使是業務量較低的日子，在局內電梯進出至少也有數十次，就算沒有特別去注意，也不太可能記錯。

圓領衫緊接著環伺四方，檢查大廳裡所有的電梯。

含專用電梯，大廳共有八座電梯，可是他卻不能確定這個數字，甚至懷疑著自己的眼睛：「總覺得哪裡怪怪的……」圓領衫暗自喃喃。

異樣的空間感，頓時令他有些暈眩，更讓他栽入另一個愕然。

輔政室專用的對面，清晰可見的，是「機動庶務單元專用」的示牌。

「不可能！」圓領衫雙目瞠竭，盡全力壓抑著就要脫口而出的驚嘆！

「絕不可能！機器人從來就不曾在總局進出！」

這下他完全篤定，大廳一直以來都是六座電梯！

黃蜂三型・機動庶務單元，堡台市全天候運作的鋼鐵公僕。

透過市內完整的網路系統，它們直接受命於堡台之心，從不與局裡的人力單位做不必要的接觸，它們在任何時間都不會在總局進出。

它們擁有專屬的維修站和保養廠，但是從沒人去注意、更沒人知道那些地方究竟在何處。

「至少絕不是在這棟總局大樓裡！」

圓領衫沒這麼篤定過，這個看似無關緊要，又從沒人關心的牛毛小事。

「之前絕對沒有這個……是兩個！絕對沒有這兩個電梯！絕對沒有！可是平常的電梯又不到B1……都沒人發現這件事嗎？之前的人又是怎麼下去的？」過去的一如往常，在今天有了不尋常。

圓領衫開始尋求不久前的注視，他豁然理解那些異樣注視的眞意：「剛剛那些人都發現了！其他人應該也都會發現！突然多出兩座電梯！任誰都會覺得奇怪啊！」

然而，圓領衫也立即察覺，現在已經沒有人再盯著自己瞧了。

即使有人不經意得將視線掃過他，視線中也毫無剛剛那種夾雜著詫異的疑惑。

而他面前的專用電梯，更不知何時已默默敞開了門！

好似在等待著他，親身判定眞僞！

如野獸警覺陷阱就在附近那般兢兢翼翼，圓領衫謹愼的進入電梯。

門要關上之前，緊繃情緒被天外飛來的一人瞬間鬆綁：「這麼早？」

亮子栗在門外對著他高呼招手。

「新官上任果然不一樣！今天中午聽你午餐會報喲！」

驟然登場的活力早安，有如劃破迷濛幽霧的曙光。

圓領衫驚醒回神！他反射性的舉手呼應，另一手同時去按……沒有開門鍵！鍵鈕面板上竟然沒有開門鍵！

眼前這僅有「B1」一個按鈕，連開門、關門都沒有的鍵鈕面板令他瞠目木然！

也將亮子栗給他的希望曙光一瞬湮滅：「這見鬼的電梯是怎麼回事！」

電梯門已經關上，封閉空間裡，謐靜地只聽得見自己的心跳聲。

圓領衫檢查了一下無智通，理所當然的沒有訊號，逼著他別無選擇得按了那個B1。

也許是心理作用，廂體開始傳來機械運作的微顫，這眞僞莫辨又微不足道的微顫，施予他無法言喻的舒緩。

圓領衫回溯起這次調職的種種。

形式上，正式的電子公文、有效的調任狀、已經到手的識別證：除了識別證上的職銜不對之外，感覺不出有什麼異常。

「若是因爲遲到早退要進行訓誡面談，應該不會如此大費周章……」

在總局五年，圓領衫經常都是遲個十幾分鐘才通過大廳的電子閘門。有時還爲了住所附近那間頗具口碑的西點麵包，藉故早退，回去搶購下午四點才會出爐的脆塔系列。

然而，除了同事揶揄、主管碎唸之外，圓領衫未曾接過任何正式的懲戒狀。

「反正，最糟就是丟了這門差事。」他先給自己打抗壓針。

唯一的B1被他按過之後有三、五分鐘了，機械運作的微顫，沒有歇止。

但是燈號仍停在1F，「一層而已不是嗎？要這麼久？」圓領衫耐不住得要上前催鈕。

「年輕的角色。」電梯廂裡的擴音設備，驟然出聲。

「年輕的角色？」圓領衫嚇了一跳，他遲疑了幾秒，才在那僅有的空間裡抬頭張望，做出那種明知找不到卻又忍不住去觀望的動作。

「可否分享一下，你在焦急什麼？」打斷他催鈕的聲音，問他。

平淡沒有抑揚、冷冰沒有頓挫，是機器在對他說話。

「……市長好。」圓領衫知道，初次見面的廢話時間到了。

這個聲音顯然就是堡台之心，B1的超級電腦，大家慣稱的中央。

然而，慣稱畢竟是慣稱，像這樣面對面的時候，他覺得應該要有個適當的稱謂。

於是，圓領衫用自以為的立場，在腦海中迅速拼組出「市長」這個詞彙。

這個辭彙、這個稱謂，新穎得像是他發明的一樣，就連亮子栗也未曾用「市長」來稱呼堡台之心。

「市長？」平淡的機械語音，透出源自疑惑的抑揚。

「你可以直接稱呼我堡台，年輕的角色……」堡台之心，未稱呼圓領衫的名字，再次用了那含糊籠統的稱謂，「用你們常說的中央也行……別太拘泥那些無謂的繁節，年輕的角色，你接下來要接觸的領域，每個都攸關本市未來。」

電梯內的一角，這時出現了一組桌椅，桌上還有一杯逸散著輕輕薄霧的飲料，「請坐。」堡台指示圓領衫。

圓領衫前去位子那邊坐下，心底自嘲：「這裡該不會就是我的新辦公室吧？」專用電梯的空間，顯然比他搭過的任何電梯都要寬廣，約略是一間單人臥房的大小。

「我先讓你瞭解一下本市目前極待改善的部分。」

電梯門面配合著堡台的敘述，變成一面光屏螢幕，開始播放一些圖文簡報。

「不好意思。」圓領衫扭捏地四處張望。

「請說。」

「不需要自我介紹一下嗎?」

和多數人一樣，圓領衫並不喜歡自我介紹，他只是想藉由這個機會，多瞭解堡台，多瞭解輔政室。

「年輕的角色，關於你的一切，我都知道了。」

一切是包含哪些?圓領衫頗是納悶。

堡台緊接著又說：「至於我的一切，如果你能在這個地方勝任愉快，你自然就會知道。」自我介紹這個部分，毫不拖泥帶水，俐落得出人意料，反而讓圓領衫有點不習慣。

特別是堡台所提到的「一切」，讓他有著說不出口的在意。

伴著簡報播放，堡台懸河諄諄：「遊民和生育，是目前社會上廣泛被討論的部分，特別是生育，媒體三不五時的報導，相信你也領教一二。」

圓領衫追憶著育政室的那段時光，那些被媒體催眠的冬烘父母，那些難以溝通的怪獸夫妻，那一張張無法恭維的扭曲嘴臉，再次讓他倒抽了口涼氣。

堡台將「婚姻成家」與「生育延續」徹底分爲兩個部分。

簡言之，男女雙方即使結婚，也不一定有辦法通過「生育審核」。

准婚卻不一定准生，是育政室受理申訴最多的項目，否決後的輔導與安撫，亦是育政室的重點業務。

即使如此，婚、育分立，未曾被動搖半分。

「媒體方面的確讓人頭疼，他們經常藉風造浪、求疵生事。」

「媒體什麼的，要處理都很容易……我們著重的，是改善造成那些現象的因素。」

處理那些動不動就揮舞著自由正義大旗的傢伙很容易？

圓領衫覺得應該是自己聽錯了。

「遊民是末端現象，基本上並不重要，但我還是要特別說明一下，因爲，像你這樣正常生活的人，通常不會瞭解這個部分。」堡台說遊民是個問題，確實讓圓領衫滿是疑惑。

因爲他不曾在街上看過無所事事又四處遊蕩的人。

「一般市民很難在街上看到他們，是因爲庶務單元會主動將遊民帶走，送去歸原，集中管理。」

歸原，顯然是收容所之類的地方，圓領衫卻完全不知道有這種地方。

就像他的「市長」，新穎得有如一項剛被完成的發明。

「是我對這類事務過於漠視嗎？虧我還經常透過總局網站來打發時間……從沒看過有單位在負責處理遊民……」他之所以非常篤定，因爲他總是在爲自己遲到早退的劣習做準備。爲了預防總局哪天不爽起來要對付他這個散漫鬼，他經常事先預習其他單位的業務內容，更利用午休時間，大家在交誼廳來來去去的機會，和一些旁僚註*閒聊，藉機瞭解較爲細部的業務內容，避免毫無準備就突然被調單位——只有輔政室的人，他從未搭聊過。

這時，他又不經想起亮子栗的話：幾乎沒在交誼廳碰過輔政室的人。

註*同一機構之下，所屬於不同單位的同事。

「接著是關於生育的部分，這一直是重點範疇之一，因爲它攸關堡台的一切。」

「簡直像在複習育政室的業務內容。」圓領衫心想。

光屏裡的簡報內容，圓領衫很多都很熟悉，他還發現某個資料來源標示著：育政佐・新藤鶱正。

「我們一直努力和市民溝通，卻無法達成共識的部分，就是市民無法將繁殖和教育視爲兩件事……繁殖很容易，然而，眞正維持社會延續的癥結，是教育！特別是人口達到某個規模的時候！」語間段落，出現微妙的抑揚頓挫，堡台之心，有些忿忿不悅。

圓領衫驅策著他的皮質層，想附和些什麼，好讓堡台知道他有在聽：「因爲大部分的人根本不懂，教育是一場代價高昂的賭局，這個賭局比一般賭局更充滿不確定性，人是有自由意志的賭具，比六面子更難預測。」

「你對自己做過的事還挺清楚的嘛？遲到早退的散漫，顯然不影響你的記憶力。」

堡台那平淡的機械語調，拌著扎人的挖苦和嘲諷。

圓領衫頓時有感自己禍從口出。

「那份報告花了我不少時間。」圓領衫企圖就這樣冠冕堂皇的矇混過去。

未料堡台接著搭腔：「我知道，那份報告大部分都是在半島寫的。」

「他說的半島是半島走廊？市內還有哪些店名有用半島？只是湊巧猜到的吧？」圓領衫感到詫異。

現在的立場、現在的狀況，令圓領衫躊躇。

堡台之心，這唯一、僅有，又近乎無所不能的悠久存在，讓圓領衫不知該不該對它提出質疑。

從機器創造人類開始、從堡台建城以來，市民就認定堡台之心與它所做的一切都是理所當然。

這樣的理所當然，早在市民心中成爲一種病變：「它創造我們，爲我們發展了進步與便利，一切都是它的意旨，質疑對它來說是褻瀆、是僭越、是不被需要的……因爲不需要質疑，所以不瞭解也沒關係，只需要服從、順從，遵行它與它所做的一切。」

圓領衫想因循虛應，打算用傻笑攪拌「感謝您對我這麼關注」唬弄過去。

又有點想一本正經，舉出「你怎麼知道我常去半島」來釋放自己的疑惑。

更想起昨晚那未曾謀面的不速之客。

人們，經常讓各種想法在腦中互相煎熬，然而，化爲現實，也不過就是那短短幾秒、寥寥的幾個字：「因爲那邊的甜點不錯，有助思考……」圓領衫謹慎試探。

「甜點？你有在半島吃過甜點？你只吃你家那邊的芒果脆塔不是嗎？」

堡台如此回答，讓圓領衫警覺地在自己的公事包上撫探了一下：像在確認裡面的東西。

「我是聽別人說的……您剛剛說生育方面還有什麼問題？」圓領衫企圖將話題導正。

「主要是教育，年輕的角色。」

「嗯……是要改善窖售們的功能嗎？」圓領衫隨便應付，更回憶著昨晚那位不速之客所告訴他的一些事。

「改善功能那種簡單的事，不會在輔政室這邊處理，這裡是針對問題的根源來做決策，技術什麼的，都只是配合而已。」

「決策？」

堡台緊接著解釋：「教育眞正的瓶頸……或者說一直無法突破的部分，正是父母們的自我感覺始終在和學校做對抗。」

「自我感覺……他究竟是怎麼知道的？和知道我不在半島吃甜點是同一種方法？」圓領衫實在悶不住了，那個令他在意的部分，催著他再次發言：「抱歉，我想請教一下。」

「請說。」堡台暫停了簡報播放。

「關於自我感覺……是根據什麼資料來評斷的？」

「每位父母的每日生活作息。」堡台沒有任何猶豫。

「每日生活作息？每位父母？」他覺得自己並沒有聽錯。

如果他沒有聽錯，那就表示堡台之心每天都在監看著每位父母的一切。

甚至是每位市民的一切？

「嗯……如果我記得沒錯，目前的堡台家庭，有二十萬戶的子女仍在學……」圓領衫呑吐吐，源自於他懷疑堡台之心監控著全市。

「年輕的角色，我的資料容積量，無法在一時半刻向你說明清楚，但是，那絕對足以處理堡台每一個家庭，甚至更多……更何況，也不是每個資料都用影音檔作留存。」

堡台的應答，猶如棒喝，它幾乎承認自己掌握了每位市民的隱私。

「這樣大家不是都沒有隱私了嗎？」

「爲什麼沒有？」堡台反問。

「您所說的紀錄……每一家的生活作息，無論他們在不在意，您都一覽無疑……」圓領衫的措辭仍是非常謹愼。

堡台之心，對於自己被質疑的部分，毫不遮掩：「關於隱私，對我來說是沒有意義的，而且，我也沒有進犯到你們的隱私……隱私是你們市民彼此進行互動時，意識中所需要的一種空間感，這樣的需要，每個人都有，僅是程度上有所不同。」

它沒有說用什麼方式去側錄大家的生活。

「至於你的質疑，我對大家的一切一覽無疑，這個質疑其實是在質疑你自己……你長時間和市民們相處，你應該比我更瞭解，道人長短、打探是非，是僅屬於市民們的娛樂，你用看待市民們的標準，來審視我的做法，眞是既遺憾又荒謬，我一直都在記錄大家的一切，這些第一手資料，對各種決策來說，都是極其重要的！」堡台之心承認了。

它承認不僅是記錄在學子女的家庭，而是生活在堡台的每一個人。

然而，輔政室畢竟是人力單位，怎能篤定單位裡的每個人都可以確實保密呢？

圓領衫緊著膽子追問：「我無意冒犯，但是，輔政室畢竟是人力單位，我們要如何確保……」

堡台沒讓他說完，立即嚴詞切入：「年輕的角色，你是在暗示我，你會擅自公開市民們的個人資料？甚至是隨意散布你同伴的隱私？」

它完全無視圓領衫的質疑，還考驗起圓領衫的道德操守。

「我不是那個意思。」圓領衫立即澄清。

同時，他又思索起，昨晚那位不速之客留給他的片段：名存實無的輔政室。

「年輕的角色，也許你沒有什麼自覺，大部分『回』到這邊的角色也都是如此，然而，我既然擁有每個人的第一手資料，那麼，我所做出的判斷，勢必是最接近眞實的選擇！」

堡台之心，語氣中再次透出微妙的抑揚頓挫，有那麼點意氣奪理、摻著點咄咄懾人。

「所以，年輕的角色，如果你是想對我表示，你不配出現在這個單位，那將會是件遺憾的事。」

圓領衫警覺氣氛有些不妙，立即打住隱私外洩、同僚操守之類的問題，迅速急轉到工作重心方面：「對不起，我只是想多瞭解一些細節……那麼，對於改善父母們的自我感覺，我需要做些什麼？」雖然有點蠢，但是他想不到還有什麼更好的陳述方式。

要如何改變別人的自我感覺？

「你只需要做決定。」

「做決定？」

「是的，就是做決定，我會提供你需要的一切，數據資料、觀察紀錄什麼的，一應俱全。」

圓領衫覺得應該是自己聽錯了：「做決定一直是堡台之心的責任不是嗎？」

他暗自愕然，這愕然深沉地出乎意料，牽動起記憶中某段沉澱多時的不願低迴。

「堡台之所以能維持現在的昇平表象，是我和庶務單元高效率之下的必然結果，這樣的社會雖然美好，但是，這樣的美好，本質上卻是一種劇毒，要解這個毒，只能靠你們自己。」

「劇毒？」

堡台之心一字一句，像在宣讀某篇誓詞：「由於被照顧得太好，市民們已經在生活上表現出無以計量又無法自制的依賴……我能做的，其實都做得差不多了，然而，很多事情還是很難改變，該怎麼說？基因的記憶，顯然不僅是生理外觀而已，舊時代的劣根性，源於物種最原始的渾沌，單靠科學技術，顯然是沒有辦法的。」

聽起來像管不動了，打算就這樣放手。

聽起來像是不想管了，所以要找個替死鬼。

不存在

狹窄空間、昏暗燈光，令人消化不良的事實，凝聚成一股沉重氣壓。

源自被迫接受的厭惡感，在意識中鼓吹著我忤逆眼前的一切。

堡台之心，這眾人終其一生的依託，怎麼會變成這樣？

他眞的打算就這樣把決定權交給我這種人？

「年輕的角色，我將決定交給你，並不表示我會停止運作，我和我長久以來建立起的龐大系統，將成爲你的後盾……黃蜂們不會停下來，他們會維持現行的所有事務，爾後，只要你有任何新命令，我會將他們做調整，來配合你的新命令……你現在要做的，就是學著做決定而已，這很容易的。」我覺得他用唱的應該會更好聽。

這就是所謂的一步登天？我甚至懷疑我現在其實還躺在床上。

不久之前，我也不過就是個育政佐啊！

雖然總有人高喊「是好意就該接受」，但是如此不符比例的好意，怎能不讓人懷疑包藏禍心？

我小心翼翼：「很感謝您的全力支持……但是，如果我的決定出了錯呢？」

那個剛到手的識別證，還在口袋裡，我記得那個職銜，應是單位裡的最高首長。

「年輕的角色，你這是在謙虛嗎？還是出於自我保護的虛僞？」堡台之心，顯然不是儒論的認同者，雖然，我也的確是想保護自己。

「年輕的角色，錯和對是很狹隘的觀念，錯、對之所以經常被強調，是因爲有目的性，更明確的說，因爲有既定目標或是特定論點，才能使錯、對更加明朗……這樣的觀念，僅適合對象單一或目標不大的狀況，因爲，也只有在那些狀況下，分辨錯、對有助於達成目標。」

他眞的是堡台之心？他現在這樣是正常的嗎？

我現在是有多大的目標，以致於不需要考慮錯、對？

數百萬人的未來不需要有錯、對？我是不是應該在發瘋之前，先想辦法離開這個地方？

「那麼，您介意我先和其他同仁交換一下意見嗎？」我假設識別證上的職銜是正確的。

如果職銜無誤，我起碼是這個單位的主管，下面總會有些蝦兵蟹將可以共商研議吧？

「年輕的角色，你是這個單位的唯一成員，這個單位除了你，沒有別人。」

堡台之心是不是病了？從決定調我到輔政室的時候他就已經不正常了吧？

或者這是機器人式的幽默？這麼重要的單位，怎麼可能只有一個人呢？

這一連串的不正常總該有個句點，這個句點讓我決定相信昨晚才知道的章節。

知道和相信始終是兩回事：我現在相信沒有輔政室這件事。

雖然，我在十二個小時之前就知道了。

昨天晚上，那個莫名其妙的女人突然出現在我家，給了我一系列的忠告，有關堡台之心的種種，那時我當她是瘋子，現在我則是快被眼前的一切給搞瘋。

我決定不再搭理這脫序的面試。

我迅速從位子上起身，貼近那個僅有B1的蠢面板，拿出那女人昨天晚上給我的東西，一枚彷似打火機般的矩形物體，它「喀」的一聲就自己粘在面板上。

緊接著，我戴上她給我的護目鏡，迅速退往電梯內的一角，那矩形小物頓時發出閃光火花！電梯空間，也隨著閃光震盪了一下！

震盪一歇，電梯廂裡隨即亮起緊急照明，播放簡報的光屏不知去向，電梯門更如同那女人所說的打開了！

機不可失！我拎起公事包就奪門疾奔！

迎接我的，是一條隧道般的長廊，嵌在牆面的照明磚，透散著與我目前心情完全不搭的柔和黃，那黃雖然明亮，但當它映到我心底，激起的卻盡是茫然與徬徨。

長廊筆直到一個不可視的遠處，我回想著那女人的操作教學，觸探鏡框左緣，一份冷光地圖隨即顯示在左鏡面上：「出了電梯就照這個指示走。」她說。

「年輕的角色，你這是什麼意思？」長廊中的擴音器，釋放出堡台的錯愕和疑惑。

「如你所見，這是我的決定。」

我虛應他，步子不敢停下，轉眼，就經過了兩個路口。

這長廊顯然僅是迷宮的一部分，剛剛經過的那些路口，延伸出去的無垠，雖讓我充滿幻想，卻無暇一窺究竟。

「你打算逃走？你以爲能逃哪去？這就是你的決定？」

「其實，我也很意外。」

若不是昨晚那位不速之客，那位奇裝異服的女人，我現在絕不會置身在這個陌生迷宮中。

我沒有後悔，但是我現在腦子裡仍是一團混亂。

一如往常的一切，在今天受到未曾想像的考驗，而這考驗太過弔詭，讓人難以消受。

「年輕的角色，我不懂你是怎麼想的……不就是做決定而已嗎？做決定有這麼困難嗎？」

我也不懂他是怎麼想的，數百萬人的未來，就這樣交由一個人來肩負？

就算是堡台之心的決定，就算有堡台之心支持，我還是無法接受！

再說，我的決定究竟有什麼意義？他現在就已經掌握堡台的一切了啊！

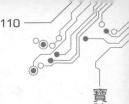

「那麼，分享一下你那些令人遺憾的東西是哪來的吧？」他對那女人給我的道具似乎更有興趣。

那女人叫什麼，我一下想不起來，鮮明在憶象裡的，是她鎖骨旁那枚「干」形飾品，她說那叫「卿霆」。

「我比較想知道，你都怎麼處理面試不合格的人？」

與其說沒有輔政室，不如說沒有人在輔政室任職過。

「他們去了他們該去的地方。」眞是好個言簡意賅。

該去的地方？像遊民那樣集中在一起？集中了之後，又把他們怎麼了呢？

接著，我在一個路口左轉，踏進另一條筆直不見終點的長廊。

堡台則是叨嘮個沒完：「我可以保證，那不是死亡，年輕的角色……你害怕死亡嗎？大部分的市民好像都很畏懼死亡……」

「我比較在意的，是那種跟死沒兩樣的活著。」我脫口而出。

牆面的柔和黃，驟然轉爲灼白的強光。

像是正中了他下懷，堡台之心緊接著說：「原來如此，那就簡單多了。」語氣中蘊含著令人憎惡的愉悅。

灼白長廊的天花板，迅速冒出數個懸吊其下的漆黑金屬。

卿霆說那是槍，舊時代最有效率的殺人道具。

「要死的話，用這個最方便了，你不知道有這麼方便的東西吧？」

堡台認定自己占盡優勢，平淡的機械語音，散發出洋洋得意的傲騷味。

說眞的，驕傲是個很棒的態度，特別是對方比你驕傲的時候。

毫無猶豫，我將卿霆昨晚改造過的簡報光筆，對著天花板下的那些殺人道具：一道道翡翠光束頓時飛貫而出！將那些殺人道具，個個化爲無用廢鐵！

「雷射槍？」不可思議，顯然是堡台之心目前最強烈的情緒反應。

卿霆說堡台之心是高智能AI，達到一定的刺激，他就會表現得跟人類一模一樣。

「到底是誰？到底是誰給你那些東西的！」語中盡是被矇之後的惱羞成怒。

堡台在咆哮，我第二次左轉。

一成不變的長廊，盡頭出現了那清晰可見的欣慰。

我催著翡翠光束，在那金屬門上雕繪逃生形狀，不一會兒，我就來到形狀的另一邊。

像倉庫的地方，約是籃球場那般寬敞，還有數十架我從沒見過的機器人。

他們和街上那些飲料容器不一樣，都是沒看過的造型，共同的特徵，是外裝清一色的象牙白，以及那些被稱之爲槍的黑色道具。

他們身上分別有著仕、傌、俥等字樣，胸膛裝甲上有「相」字樣的機器人，特別高大，矗立在隊伍後方。

巨大相字，發出不明的訊號聲響，那些仕、傌、俥隨即迅速向我逼近！

我拿著卿霆改造過的無智通，向他們隊伍的中央衝過去！緊接著，迅速點下螢幕上的選項，一瞬間，璀璨火花、炫舞全場！

在場的機器人，無一例外，浸身在自體內濺散而出的火花浴中！

這奢侈美浴代價高昂，淨滌全身之後，所得的結局，僅是那唯一的最終。

「ＥＭＰ註*裝置？連這個都有！絕沒可能！你……你知道ＥＭＰ？你知道ＥＭＰ可以破壞電子儀器？」憤怒、疑惑，堡台之心氣急敗壞！

現在若能看到他的表情，應該和那個常被我作弄得逞的鄰居小鬼差不多。

身上不時蹦出零星的不甘願，機器人們已經完全不能動彈。

註*電磁脈衝（Electromagnetic Pulse），意指「寬頻率、高強度而短暫的電磁能噴發」，比較淺顯的舉例，它會在核爆瞬間被引發，然而，並不一定只有透過核爆才能發動電磁脈衝。

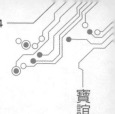

我越過敗如山倒的金屬亂葬崗，來到倉庫的另一端，在那厚重的金屬門前，爲即將揭幕的永訣作準備。

堡台卻還在那邊絮絮聒聒個沒完：「這怎麼可能！ＥＭＰ是舊時代的機密資料！你這種……不！現在的人類都不可能知道的！你到底是……難不成是那個人？怎麼可能？若是那個人就更不可能了！」

到底是哪個人？我也很想知道，會是昨晚的卿霆？

到目前爲止，從今早踏進總局大廳開始，所有的遭遇，都給她說得八九不離十。

或許，卿霆也曾是面試不合格的人。

我在厚重的金屬門前坐下，開了公事包、取出電腦，打理著僅有的雜庶。

眞是徹底的清風入袖，早上出門的時候，還覺得卿霆所言僅是流蜚逸話，覺得自己還能像以往那般朝九晚五，現在，只有揮霍不竭的遺憾與茫然。

流雲般的安逸日子，顯然在今天就要畫上句點，我還是相當在意，雖然卿霆再三警告我不要浪費時間：「堡台之心，爲什麼是我？」

散漫、隨性，爾時又心不在焉，連我自己都不會認同這樣的領導者啊！

這時，我整理到那張兒戲般的識別證，想起一個人，讓我不經意得瞄了一下已被ＥＭＰ破壞的電子錶。

「現在才問這個俗不可耐的問題……」堡台這般應答，我彷彿看到他在奸笑。

「你認爲育政室爲什麼會是總局裡規模最大的單位呢？」

總局大樓也不過十一層，育政室卻占了三層，職員人數、近千有餘。

倘若育政室是必要經歷，那爲什麼不是「香蕉皮」？

無論是經歷或考績，她完全在我之上啊！

「育政室是先決條件，當然還有其他評斷標準……畢竟，要掌管全市的未來，也不是那麼隨便的。」現在才這樣說，還眞是一點說服力都沒有。

然而，他似乎冷靜下來了，語調又是剛開始面談的那種平波無紋。

「堡台是個以價值爲主的地方，每個人從一出生開始，就有自己的價值帳戶……透過對每個人每分每秒的記錄，進行評斷，撥予適當的單位分數……當你們在十五歲獲得成人認定時，帳戶裡的數字，就是你們的基本價值。」究竟是透過什麼方式來記錄，他還是不鬆口。

至於基本價值，我記憶中有個鮮明的悲劇。

那位同學無論在班上還是校內，都是風評頗佳的指標性人物。

然而，成人儀式的隔天，他就再也沒來學校，聽說他崩潰了，因爲他無法接受帳戶裡的數字不到三位數。

反觀平時在課業上無所用心，行事溫吞消極的我，認定後的基本價值，不但讓我換了一台當時正熱門的遊戲機，還剩了一些分數。

我在桌面捷徑找到卿霆傳給我的檔案，打開來照著她跟我說的步驟作，放著堡台自顧自的叭啦叭啦：「隨著成年之後步入社會，系統會將個人價值與社會貢獻作連結，在舊時代，這些都是很抽象的東西，然而，與其說抽象，不如說當時沒有一個確切的辦法能將它量化……人類，對於看不著、又摸不到的東西通常是很冷感的，雖然，世界上充滿著確實存在卻又無法透過理論說明的事物註*，可是，多數人又很厭煩理論之類的東西，人類，眞是一種驕縱的生物啊……」我彷彿聽得見他在句末的嘆息。

我有點想問舊時代究竟是那個時代？

卿霆昨晚也三不五時的提到舊時代，也許他們說的是同一個。

然而，不管是哪一個時代，感覺上都不像是歷史課的內容：神祕的東方一族，在地球留下了科技，屬於科技之一的機器人，透過和猿猴的相處，創造了人類。

「你沒回答我的問題。」

卿霆給我的程式已經啓動，十吋液晶上，有個斗大的數字在倒數著。

「年輕的角色，你現在這麼匆忙，是無法獲得完整答案的。」

「身爲堡台最接近無所不能的你，沒辦法做重點回答嗎？」我忍不住糗他。

「重點？」空氣中盡是他回敬而來的不屑和輕蔑。

堡台之心祭出高傲的訓斥：「年輕的角色，你想知道重點？你憑什麼認爲你有辦法理解

註*《哥德爾不完備定理》此定理爲數學家庫爾特・哥德爾在一九三一年發表。

你所謂的重點？無論是舊時代還是現在，你們一直都很喜歡強調重點，總是希望在最短時間內就觸及事物的核心，但是透過紀錄發現，你們之間的溝通經常發生誤會、錯誤，甚至是不必要的爭執，都是因爲你們急著想要知道重點！更荒謬的，你們還經常不瞭解你們想要知道的重點……如果溝通雙方對同一件事都有一定程度的瞭解，就會直接用重點溝通了，然而，實際狀況卻是彼此之間越是不瞭解，反而越希望趕快知道重點！『自以爲』重點是自己所想的那樣！『自以爲』知道『自以爲的重點』之後，就能獲得完全的瞭解！到最後，得到的經常都是誤解和不解！」

句子一斷下，液晶數秒隨即躍向轟然衝天！

而我，已在他高聲說教時，迅速曲進兩個貨櫃之間避險。

爆破力如飢餓凶殘的野獸，在那看似堅不可破的金屬門上撕咬出一個大窟窿。步過瀰漫塵霧，我來到倉庫外面，卻仍是室內空間，比倉庫更加寬敞的規模。地上一些制式的幾何圖形與數字，揭示著此處應該是停機坪之類的地方，這裡的武裝機器人，更是剛才的數倍之多！

「太過輕忽是我的疏失，雖然，我不知道你究竟是怎麼弄到那些道具的。」一架造型怪異的機器人，從隊伍中緩緩現身。

他有兩尊體形如彪的護衛，分立左右。

「你是第一個進行反抗，又能徹底到如此程度的角色。」

怪異機器人，那貌似頭部的矩形體，沒有五官的擬態，僅在右側有個「台」的字樣。

應是手臂的肢體，共有七肢，不對稱得在那圓滾的軀幹左、右隨意。

背上直立著三支像是旗竿般的東西，看不出有什麼作用，負責行走的合金履帶，更是微妙的藍白相間。

「年輕的角色，你眞的想離開這裡？你以爲你能離開這裡？」怪異機器人，用那奇妙的稱謂稱呼我，他顯然就是堡台之心。

他身旁那兩尊彪形護衛一紅一白，高度有他兩倍之譜，各自肩上的裝甲，分別有著飛、角的字樣，在眾多的仕、傌、俥當中，格外醒目。

「基於剛剛面談的內容，和我個人的認知對照之後，離開，顯然是第一選項。」我隨便應付他，走向他的機械人大隊，游移目光漫無焦點地瀏覽著每個機器人，「你有這麼多玩具，少我一個也沒什麼關係吧？」我冷笑。

我開始理解堡台為什麼把錯、對視為無物。

有誰會去在乎玩具的想法？有誰會去在意玩具的未來？

玩具對於玩家來說，有什麼錯、對？

只要能取悅玩家，就是好玩具！

「你開始清楚你的立場了嘛？你這畸零角色。」堡台之心，又擅自給了我另一個稱謂。

「那麼，你現在打算用什麼玩具對付我們？」他顯然看透了我目前的襟肘之窘。

卿霆給我的道具，只剩下鼻樑上的護目鏡。

一路上搞破壞，他現在已是全面戒備。

眼前的機器人大隊，我看將堡台市夷平兩、三次都游刃有餘。

無論這裡距離確實的出口還有多遠，對我來說都是絕境深淵。

卿霆說會來接我，我猜不透她要怎麼出現。

「你就猜一下吧？就當打發時間。」我故作鎮定，企圖掩飾我赤裸的沒轍。

印象裡浮出一些乾涸品種註*貪圖美色而受騙的社會新聞。

雖然我不曾同情他們，但是我有點理解他們爲什麼被騙。

那種源於渴求的愚昧、悲哀，經常讓他們在挨了巴掌之後，還爲甩耳光的人辯護。

雖然我還不到乾涸的程度，卿霆更稱不上絕世奇色，然而，我信了她的話、收了她的東西，更照著她說的做。

現在，我只能祈禱她不會放我鴿子，將我活坑在這不知多深的金屬大本營。

「猜你還能耍出什麼猴戲？我覺得先研究等等要怎麼折磨你還比較有趣！」反詰中盡是嘲笑，嘲笑之後，是錯愕筆下的戛然句點。

不知什麼緣故，那一身紅色裝甲，右肩盾牌上標著角字樣的機器人，堡台之心的護衛：

註*隱指「忙於工作，少有私人生活的人」。

狠狠地給了堡台之心致命的一拳。

那千斤一擊，紮實地從堡台之心頭上落下！

稀巴爛讓他頓時淪爲無言殘鐵，那顆沒有五官的矩形腦袋，四分五裂得不知去向！

紅角的舉動，吸引了機器人們的注意，他們紛紛轉向紅角，卻沒有做出任何反應。

就像是望著、盯著，如同人們看熱鬧那般，好奇、不明究理。

緊接著的下一秒，飛白也開始動作，他們才驚覺不對勁。

紅角這一擊，有如打開了他早先和飛白的約定。

電光石火，那身白色裝甲，轉瞬化爲金屬劊子手，迅速破壞起身旁一架又一架的機器人！

機器人們總算徹悟，開始群起圍剿臨陣倒戈的紅角飛白！

雖然卿霆還沒出現，我對該怎麼離開更沒任何頭緒，但是他們現在顯然無暇顧我。

增援的機器人，一直從廣場左側的兩個閘門進來，卻完全壓不住紅角飛白的犀利。

少了堡台之心，這些機器人根本是無力散沙，紅角飛白靈巧地在鋼鐵亂軍中縱情穿梭，失去功能的廢鐵也越來越多。

雖然我不知道紅角飛白是爲了什麼，卻也不禁讓我回溯起電影裡的某些橋段：象徵正義的總是孤寡單獨，齷齪雜碎總是成群結隊。

如此的表現手法，究竟是在滿足人們心中那脆弱無助的良善，還是恥笑正義在現實中的無力與不可行？

「你倒是很悠哉嘛？」機械語音驟然在我身邊出聲，令我頓時躍退兩步。

以爲機器人都沒空了，可以專心苦惱該怎麼進行下一步，這未預期的不請自來，讓我又緊張了起來。

拉開距離之後，我認清了他的樣貌：一架外型仿似「蜻蜓」的機器人。

看到這隻蜻蜓，我依稀想起某件事，但是由於那憶象太過稀薄，以致我暫將它無視。

「你眞聰明，和背叛你們的強大同伴廝殺相比，先把我抓住顯然是上策。」

看來還是有可以獨立作業，不需事事都依賴堡台之心下達命令的高智能機種。

「你脖子上的那個東西是裝飾品嗎？」這蜻蜓竟然出言不遜！

「只有你們的社會，才需要透過爭功來提升自己。」他的聲音，現在有點耳熟，是個女人……不就是昨晚闖進我家的那個女人嗎？

「妳這個樣子是怎麼回事？」我不知道我在失望什麼，特別是現在這個根本由不得我選擇的處境……人的情緒有時候就是這麼複雜。

「廢話少說，快上來吧！」隨著她的命令，蜻蜓的背上，有幾個組件自動重組了起來，變成一個可供人跨坐的鞍部。

「現在不提供客服諮詢，有什麼不滿，請留到離開堡台之後。」

「比起突然停駛，誤點是可以接受的。」我苦笑，順手就要摘下護目鏡。

「先戴著！我現在沒有餘力處理腦洞電波，安全索在右側，栓好！」

腦洞電波？對了，她昨天好像有提到，是我忘了。

栓妥安全索的同時，我不由得回瞥了一下屹立不搖的紅角飛白，關心起不久前，那位落入沉默的角色：堡台之心，他還好吧？

肆。

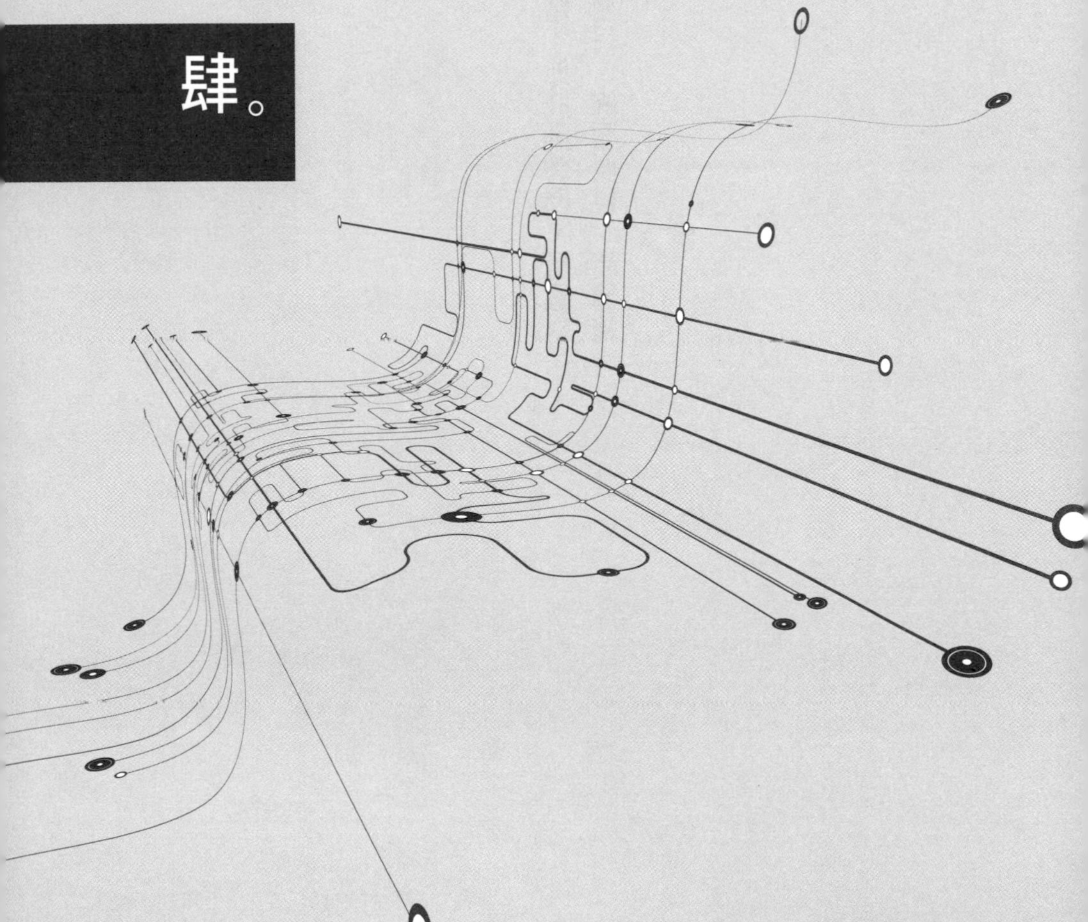

螞蟻：節肢動物門，昆蟲綱，
膜翅目、細腰亞目，胡蜂總科。

正府公園，緊鄰市政總局外的開放空間，由總局腹地延伸而出，兩塊半圓形的空間。

總局北門外面的半圓，別稱「正法廣場」，是興築大道向北而行的起點，廣場上那具紀念堡台建城的鐘塔，鐘塔下的碑文刻著：「過去的陸拾柒」。

總局南門外面的半圓，別稱「府順廣場」，是芸霖大道由南而來的終點，廣場上那具紀念總局翻修的鐘塔，鐘塔下的碑文刻著：「未來的柒拾陸」。

正法廣場今天舉辦就業博覽會，各產業的業者幾乎都來參加，求職者們更是熱烈參與，現場盛況非凡，人潮水洩不通。

府順廣場更是由麒來科技公司獨力包下，爲自家產品做特展，同時也在就業博覽會設攤，意圖以彰顯公司大能來吸引求職者上門。

麒來科技的高層之一，執行董事兼研發總裁賈祐韋先生，代替父親蒞臨現場致詞，也爲現場展示的幾具新型機器人作加持：「在我左手邊的是巨人豪鋼……」

豪鋼一身藏青，擬人造型，矗立在總局前的廣場上，身高足足多出總局大樓一個頭。

暫時別過府順廣場的麒來獨秀，進入另一頭的就業博覽會。

每個攤位的駐點人員都不可開交，爲到場的求職者仔細解說。

會場人潮絡繹不絕，爲了維持活動秩序，現場出現了不少黃蜂，它們大部分是馬克杯，也有幾支高腳杯，三三兩兩，有的在場外繞行，有的在場內巡視。

場內一角，一只黃色馬克杯，在「預約你的未來，讓夢想提早實現」的豎旗前停下。

「你好。」一襲貼身套裝，掩不住她青澀的世事不經。

攤位裡的一名女性，主動向馬克杯打招呼：「需要我爲您做個簡單的介紹嗎？」

這個攤位，顯然目前只有青澀套裝被晾著閒。

「不與市民進行不必要的公關交流。」

是堡台之心設定的行動綱領之一，深植在每個黃蜂的核心程式中。

一方面減少不必要的困擾，同時也維護行政的中立與公正。

無論是多麼令人嚮往的美好城市，總是存在一定比率的是非刁民，即使是絕對、僅有的堡台之心，縱使是從不妥協的黃蜂三型，也有被質疑不公平的時候。

爲此，堡台之心畫蛇添足的爲黃蜂們加註了這則綱領。

「就業博覽會是爲你們舉辦的，妳怎麼會找我做介紹？」

話雖如此，馬克杯還是進入了攤位，將自己停置在一個適當的位置。

青澀套裝的學長姐們各占一桌，和同桌的求職者們滔滔不絕，她則是配合這位與眾不同的客人，捧著平板電腦、隨手拉了張椅子，在馬克杯面前下坐下：「其實是我想知道你們都在忙些什麼。」顧忌著學長姐們會聽見，她刻意壓低音量。

青澀套裝坦率示出眞意，也表露了自己對於現狀感到無趣：一般人不會找黃蜂聊天。

市民對於黃蜂的觀感，如同對堡台之心那樣，充滿敬畏，更遑論褻玩，然而，黃蜂接受搭訕的機率，更是微乎其微。

「即使是正式的面試，我說的東西，對妳也沒有幫助。」馬克杯也毫不保留。

它對照青澀套裝的面部生理徵象，默默連進總局的資料庫，搜尋她的個人資料。

〈檔案編號：JM-23-01〉

同徵家庭註*，沒有兄弟姊妹，本身是初級品，父親AZ－56、初級品，母親SZ－89、次級品。

容器狀態一切正常，已符合繁殖條件，邏輯平衡尚不足，過於理想主義，價值累積也需加強，貢獻指數太低。

馬克杯接著說：「在工作上，我們不會和人力單位有直接接觸，除非『核心』特別指示……所以我們不會知道人力單位平常都在做些什麼。」

即使不希望獲得虛偽敷衍的答覆，青澀套裝仍掩不住臉上的失望：「是哦……那你平常的工作是什麼？」她立即轉換了話題方向，臉上再度掛起興致勃勃的旌旗。

馬克杯的頭頂，平坦的天靈蓋，投射出立體影像。

立體影像栩栩如眞，在馬克杯空白的頭殼上盡情展現，儼成一座小劇場。

註*意指父親是男性，母親是女性的家庭。

配合頭上的小劇場，馬克杯解說自己的業務範圍：「平常是從博物館走到音樂廳，假日則轉為四神到高皇，這是我負責的路線……偶爾也會針對臨時狀況，調整路線……」

另一方面，它仍持續窺視著青澀套裝的各種紀錄。

〈檔案編號：JM-23-02〉

就學歷程普通，沒有突出表現，帝一積值是第一份工作。

SZ-89為部分過去所苦，精神狀況不穩定，目前仍在定期追蹤治療。

SZ-89在自我表達、與他人溝通方面的障礙，讓JM-23長時間偏好與AZ-56相處，對AZ-56形成依賴，造成SZ-89在家庭中失去功能性。

「看起來好長，這兩條是貫通全市的主要道路呢……感覺滿辛苦的……只是走路嗎？」青澀套裝看著影像問。

「不是走路，是巡邏……當然也不是單純的巡邏而已，通常還會配搭一些附帶的勤務。」

馬克杯切掉影像，驅動履帶調整自己的位置，似乎準備離開攤位：「那些勤務內容就不能跟妳說了，畢竟都涉及到市民的隱私……人都是需要隱私的。」

「啊？你們的工作這麼神祕啊！我想知道的，就是那些勤務的內容啊……常常看到你們在不同的地方進進出出，總會好奇嘛……」失望中挾著幾分哀求，青澀套裝嘟著嘴說。

青澀套裝，和部分年輕人一樣，企圖以別人生活中的種種，來塡補源於自身貧乏的無聊與空白。

〈檔案編號：JM-23-03〉

AZ-56晉升公司幹部時，因工作忙碌，急遽壓縮與JM-23相處頻率。

當時正值JM-23精神構成關鍵期，造成JM-23單方面的認定，AZ-56與其他巢質因子發展互動關係，以致減少了對她的理睬……截至新紀六十七年十二月十日止，JM-23的擇偶意向：傾戀戲質因子、偏好長輩表徵。

馬克杯好言指正：「這無關神祕，妳也有不希望被別人知道的事情吧？希望妳能用同樣的態度去面對別人的事……縱使那些人跟妳毫無瓜葛，縱使妳知道那些事之後，對那些人也不會有什麼影響。」

馬克杯在資料裡面增加了一些內容：社交認知有偏差。

「嗯……我現在想不出有什麼事是不想讓別人知道的呢……」目光挪去不知名的彼方，像是認眞思索，卻又顯得徒勞無功。

「介紹一下妳的帝一積値怎麼樣？」馬克杯抓準空檔，將話題岔開。

帝一積分增值股份有限公司，擁有百年歷史的積分交流所。

在沒有實質貨幣的堡台，要進行較具規模的商業活動，就必須透過交流所的協助。除了較有組織性的商業活動，個人積分的增值與轉讓，也需要透過交流所。

「我在所內通常是負責個人積分增值，偶爾也會處理積分轉讓的仲介事務。」

一面解說、遞出名片，青澀套裝透過尷尬微笑，爲這遲來的反射動作陪了不是。

「外面那個豎旗是什麼？」馬克杯的體側，伸出那類似手一般的金屬肢體，接過名片。

青澀套裝喜孜孜的回應：「哦！那就是預支積分啊……好比說你現在擁有一百萬的積

分，但是你要兌換的東西需要二百萬，這種時候就可以參考我們的圓夢計畫啦！」

馬克杯接著問：「爲什麼我有一百萬的積分，卻要去換二百萬的東西呢？」

黃蜂的設計，畢竟是以接受命令爲主，它顯然無法理解慾望這回事。

「呵，人總會有想要，卻無法馬上換到的東西嘛……至於那個一百、二百，只是舉例啦！不一定眞的要那麼多啦！」青澀套裝淘氣地想就這樣矇混過去。

她對於慾望的體悟，顯然也不深。

「莫名其妙！爲什麼這種誤導價値觀的東西現在還存在呢？」

馬克杯突然激動了起來，全身更發出奇怪的聲響！

好像它體內有什麼東西在亂竄！在裡面撞來撞去！

「價値觀？」青澀套裝，一臉懵懂。

「是不是那麼多，不是重點！重點在於妳根本就沒有那麼多！爲什麼還要去做那麼高分的交換！」馬克杯語氣嚴厲，完全是質問的態度。

「呃，公司就教我們這樣說啊……學長姐也是……您沒事吧？」

青澀套裝察覺馬克杯不太對勁，趕緊收起數分鐘前的「公關熱絡」，甚至改用敬稱向它慰問。

「我當然沒事！會有事的是妳們公司！」完全是恐嚇的口吻了！

馬克杯的嗓門，像報銷前的老式收音機那樣，突然大到無法控制！

引來攤位內學長姐們的目光，也讓經過攤位的人們行起注目禮。

注目禮未讓馬克杯感到尷尬而住嘴，它反而更加揚聲：「妳們公司就是銀行！舊時代最邪惡的合法組織！那個什麼圓夢計畫，就是貸款對吧？那根本就是騙人栽進無間惡夢的虛幻陷阱！」

也許是身體裡那發狂亂竄的東西撞得它太疼、太痛。

隨著那持續未歇的奇怪聲響，馬克杯現在開始劇烈、間歇、不規則的全身抽搐！

「您沒事吧？我要不要幫您通知誰啊？」青澀套裝被馬克杯突如其來的怪異表現嚇得手足無措！

她聽不懂什麼是銀行、舊時代或貸款，更無法理解什麼是邪惡的合法組織。

一位學長這時主動前來，企圖介入她們之間：「怎麼回事？他病了嗎？」

學長只敢在青溷套裝的耳邊小聲說。

此時，廣場鐘塔開始報時，宏亮徹響，由廣場爲起點擴向全市。報時鐘響，有如特效疫苗，讓馬克杯迅速痊癒！

它的劇烈抽搐驟然停止，體內也不再發出奇怪聲音，更惡狠狠的對著青溷套裝的學長說：「你們這些有機腫瘍才會生病！」語畢，馬克杯開始面目全非！

隨著機器運作的聲音，黃色馬克杯的外觀開始分裂、扭轉、挪移，幾秒鐘的時間，已經看不出它是原本那只黃色馬克杯！

它沒有變得比原本大，也不會比原本小，看起來像是某種節肢動物。

人立在那兒，除了看得出來是腳的肢體之外，身體左右各有兩隻手臂。

然而，不僅是這只黃色馬克杯，會場內、會場外，大街上，堡台市內每一個角落的黃蜂，全都變成這種身有六肢的節肢動物！

更令人在意的，是它們身上背負著那些無法看出確實作用的矩形箱體，以及附設在手臂上的黑色金屬。

青溷套裝目瞪口呆，一旁的學長更是瞠目咋舌，會場內的人們亦是呆若木雞！

那具由黃色馬克杯變形而成的鋼鐵異形，接著下達了判決：「這次我已經確實記錄了，下次、絕不會再出現這種荒唐的行業。」緊接著，帝一積値的攤位就沒入一片血海！

鋼鐵異形手臂上的黑色金屬，六根長管共成一輪的道具，頓時發出機械馬達般高速運作的噪音，乘著那扎耳的噪音，一朵朵倏明驟滅的火花，從道具末端飛炫而出！成千上萬的扎人火花，迅速在帝一積値的攤位裡滿布綻散！

攤位裡隨即驚呼尖叫、慌張逃竄，卻徒勞無功。

隨著攤位的支離破碎、狼藉而傾，攤位裡的人們也跟著一身殷紅、五體不全、即地橫臥。

不僅是帝一積値的駐點攤位，整個就業博覽會場，上百萬人生活其中的堡台市，都被強迫參加了這場由鋼鐵異形們所主導的屠殺嘉年華！

往常被眾人稱讚，爲市民所仰賴，隸屬總局的機動庶務單元：黃蜂三型，如今變成一匹匹的鋼鐵禽獸！毫無忌憚的蹂躪著一個個脆弱又徬徨的生命！

今天是新紀六十七年十二月十五日。

今天是黃蜂們失心瘋的日子。

今天是堡台的末日。

十二點二十分，地平線下

「到哪了？」嘉嘉迷迷糊糊的醒來，車廂內的狀況讓她有些不在自在。燈光顯然比剛出發時昏暗許多，抬頭檢查，有兩排光鏈現在是沒作用的。身旁的家尉，像冬眠的熊般安穩。

她左顧右盼，搜尋隱約在記憶中的那對母子，這時，她察覺了另一件事：「列車是不是停了？」

磁浮列車是先進的交通工具，提供舒適穩當的旅運過程。即使如此，列車行進間仍免不了因爲軌道蜿蜒、過彎減加速等細瑣狀況所造成的車身傾斜、車體顫動等不可抗力的不完美，無論列車行駛得多麼平穩，車廂內的乘客依舊能感受出列車靜動之間的差異。

「因為正在經過那個斷層帶？」什麼斷層帶她沒記住，反正就是那個只能低速行駛的路段，現在列車停下了，也可能是前方路況出了問題。

車內空調還在運作著，有些涼意。

嘉嘉從位子上起身，隨手拎起了薄外套，往洗手間前去：「大家都這麼累啊……」

途中，她確認了一同上車的那對母子，兩人也同家尉那般熟睡著。

雖然對於密閉空間有著障礙，但是比起客廂裡的寬敞昏暗，洗手間裡的狹窄光明讓嘉嘉自在不少。

她對著鏡面稍作打理，同時想著：「列車停多久了？還要多久才會動啊？」

不經意得望了一下左腕的優雅纏繞：十二點二十三分，距離一大早出發，已經有五個小時。

她有些訝異自己睡了這麼久，久到中途離開隧道的時候她也完全沒醒。

在洗手台沖了把臉，嘉嘉步出洗手間，到了飲料販賣機旁。

她點了杯咖啡，溫熱透過紙杯，給了她些暖意，也讓她多了些精神去遐思其他的瑣事：

「家尉什麼時候睡下的？」

沒急著將積分卡從讀卡槽中取出，嘉嘉繼續在液晶面板上點選，想爲家尉也買一杯咖啡。

「抱歉，該項產品已售完。」機械語音做出提示，更引導她選擇別的飲料，嘉嘉於是不甘願地點了熱柚茶。

回到車廂，那對母子不見了，她視覺前方的景象，更提振了她幾分注意。

應該是隨車的服務員，背對著她，好似在搬抬什麼重物，那服務員正從車廂另一端的自動閘門離去，沒入那昏暗不可辨的聯接通道中。

緊接在後的下一幕，讓嘉嘉完全清醒：家尉不見了。

何時醒的無從可考，然而，就算是去了位在車廂另一端的洗手間，又有什麼必要把全部的行李也一起帶走？

貴重物品另當別論，但是，座位上方的置物架，現在只剩下嘉嘉自己的行李。

座位上也僅餘下她暫擱著的薄罩衫和無智通。
家尉和他所帶上車的東西，像是被蒸發般，消失無蹤，彷彿他根本沒搭上這班車！
更讓嘉嘉感到詭譎的，莫屬置物桌上那條鏈飾和一枚戒指：那是家尉剛剛還戴在身上的東西。
是家尉自己取下這些東西離開？還是有人將家尉帶走，留下這些東西？
自己離開，有什麼必要取下隨身的飾物？
被人帶走，又是被什麼樣的人帶走？留下這些東西又是在警示著什麼？
嘉嘉在這異樣的莫名其妙中，徹底茫然！
茫然旋起嘉嘉心底一陣毛，潛意識中蟄伏多時的密閉恐慌乘勢爆竄而起！迅速侵蝕她的理智！縛奪她的肉體！
呼吸困難、心跳加速，讓嘉嘉難過得無法自己！
她迅速拖下行李，要拿出事先準備好的……藥不見了！她左翻右找！把東西全都倒了出來，仍然一無所獲！
意志力在崩潰邊緣拔河，嘉嘉用顫抖不止的手捧起無智通，開始撥號！撥給家尉！

「他為什麼要開這種惡劣的玩笑？」嘉嘉寧可先這樣想。

她寧可認為這是惡作劇，也不願假設家尉被人綁架，縱使她想不透家尉有什麼動機要這樣整她，縱使這個卑劣的惡作劇讓她完全笑不出來！

「此區僅能使用緊急通話服務。」

液晶上的訊息給了她一頭冷水，不管三七二十一，她也順勢撥了緊急通話——今天究竟是什麼日子？緊急通話服務也會滿線？

嘉嘉茫然環伺周圍，確認這個第三節車廂，確認了現在只有她一個人在這節車廂裡！密閉恐慌這時邀來了被害妄想的惡漢，兩個精神劊子手，毫不留情的合力拷打已在崩潰崖緣且垂息無援的她！

嘉嘉方寸全無，不能自己，她勉強不讓自己跌地昏倒，無力地癱坐在位子上，緊接著，胸口速來一陣噁，她稀里嘩啦的吐了一地！

嘉嘉狼狽地將嘔吐物稍作打理，鼻裡殘留的餘酸腥嗆讓她無法思考！

她使勁將那討厭的味道弄掉，喝了口本來買給家尉的熱柚茶，冀望理智能暫時回到她的軀殼。

這時，她仰起的視線，掃過一段鮮明的紅底白字：「緊急破窗鎚。」鎚子旁「非緊急事故禁止使用」的副標看起來雖然礙眼，但是，嘉嘉很清楚自己的狀況，敲破幾面窗子，不過是在空耗體力而已。

好在，她想起了那個燦笑迎人的車長。

她忐忑地按下扶手旁的通話鍵，深怕通話鍵的另一端也將她遺棄。

「您好，這裡是車長室。」

即使是如此公式化的應答，也如深暗中驟劃而出的光芒！

喜出望外，嘉嘉頓時覺得舒坦不少，渾身不適如肥皂泡泡般，飛升無蹤！

「抱歉，請問有暈車藥或鎮靜劑之類的東西嗎？我人不太舒服……」

「鎮靜劑？」

「嗯……有那個會更好。」嘉嘉不好意思確實說出自己的問題。

很多狀況下，人們對於自己的狀況總是難以啓齒。

以致於當有人可以不透過言語，就能迅速瞭解自己的時候，我們很快就會不設防的把自己全部交出去。

這樣的行爲雖然充滿不安全，但是人們卻經常讓它發生。

「我瞭解了，是那種狀況吧？馬上會有人過去，另外，請您稍作忍耐，前方的清道機器人已經加快速度了，造成您的不便，請多見諒。」透過專業人士的口腔就是不一樣。

雖然隔著對講機，還是讓嘉嘉獲得了進一步的放鬆。

人終究是依賴感官的生命體，無論是多麼優美的沉靜，都比不上一個簡單的動作、一個明確的節拍，然而，人也經常爲了這樣的依賴，付出無以估計的代價。

知道自己不是與世隔絕，確信救援不久就會到來，嘉嘉總算是鬆口氣。

即使封閉式的空間仍讓她感到不舒服，但是劇烈的生理癥狀已趨緩不少。

嘉嘉打算車服員過來之後，再向他們發出尋人啓示，她現在還沒有多餘的精力去追究家尉爲何失蹤，她暫收起擱置桌面的鏈飾和戒指，輕輕將睫毛放下，在自己熟悉的幽界中說服自己，這一切的莫名其妙都將有個合理的答案：「死傢伙大費周章是在玩什麼把戲？」

嘉嘉開始爲蒸發的家尉找理由，一堆牽強又無邏輯的點子，開始在她腦海裡運轉。

「這渾蛋！看到我這糗樣他還眞沉得住氣啊！」

她幻想著，等等拿藥過來的車服員，就是嘻皮笑臉的家尉。

「可惡的傢伙，看我等下怎麼修理你！」

嘉嘉怒中帶喜，腦海那些源於自以爲的美好幻想，暫時將她從精神壓力中釋放……釋放到修普諾斯註*的邊界……

十二點二十五分，地平線上

車內、女人，高叉旗袍，將她雅緻曲線襯表無遺。

註*希臘神話中的睡神。

她那對袖外玉纖靈巧擺布著方向盤，計速液晶已是三位數，卻完全不見她有減速的打算。

桔色跑車在市區大街上疾行，尾隨在後的鋼鐵異形越來越多！

鋼鐵異形們窮追不捨，它們追逐的樣貌亦是怪異，六肢有四肢著地，身形變得像獵犬那般利於奔跑，未著地的兩肢則是對著跑車不停攻擊！

數十架異形輪番上陣，子彈如密林疾雨般，一波波襲向跑車！

然而，「旗袍」技術了得，被異形們跟了數十個街口，桔色跑車依舊完璧無瑕。

「妳果然不是人類。」男人，旗袍左手邊的獨位。

他將一顆顆外觀獨特的子彈填進彈夾，語氣中透出不可思議的敬畏。

「謝謝誇獎。」旗袍輕莞，明艷皓雪，在淺淺朱紅之間更顯動人。

「就快到了，你考慮得怎麼樣？」它問男人。

男人深色西裝外套，下銜牛仔丹寧，一身便裝打扮。

引人注目的，是他肩上那錦織流蘇般的馬尾。

旗袍見「馬尾丹寧」未搭理它，於是又說：「復仇是很空虛的，親手毀滅對方的瞬間，形同宣告了自己的陪葬定讞。」

馬尾丹寧又沉默了數秒才出聲：「既然如此，妳爲何還是準時出現了？」

他面無表情，卻掩不住眼底的迷惘。

「你始終沒有給我確實的答案，我當然還是依照你原本的想法，履行承諾。」

旗袍的態度毫不虛委僞婉，它察覺出馬尾丹寧隱含在話語中的推諉，這種推諉令它不快：「我不能給你下什麼命令或決定，畢竟，今天之後，你的日子還是屬於你自己的。」

「依照我原本的想法……這也算是行動綱領之一？」馬尾丹寧說。

「某方面來說，算是。」

人與人之間常強調互相幫助，然而，在所謂友情和義氣的華麗大旗之下，善意的互相，卻逐漸化膿成一種自我保護的推諉管道。

「都是你叫我這麼做的。」是很多人在力行互相幫助之後，最常收到的椎心句點。

於是，它也確實成爲諸多人際關係之間的終結代表。

「那麼，今天之後，妳又有什麼打算？」子彈裝塡告一段落，馬尾丹寧打開腳邊一個精巧的帆布包，檢查裡面的東西：手錶、無智通、平板電腦，都是些極其普通的電子用品。

「如果成功，堡台就會正式成爲我們的一份子，而我會再去其他的地方……至於堡台的一切，將會重新開始。」

新紀六十七年十二月十五日中午十二點十五分，運作千年的堡台之心發生重大問題。

它被來源不明的病毒程式攻擊，當機故障，所有系統失控異常。

黃蜂們失去控制，轉化爲一隻隻的鋼鐵異形，在市內進行肅清式的屠殺。

然而，病毒程式對於異形們的影響也不太一樣：有的喜歡斬首、有的喜歡解剖、有的喜歡取走特定內臟，有的偏好低格調猜謎。

它們隨處抓人就問：「愚民，太陽從哪邊升起？」

這是頻率最高的題目，沒有人答對。

大街上的人們，隨著屠殺嘉年華的進行，化為一具具無言屍骸。

鋼鐵異形們這時展現了微妙的自律，開始自行分隊、區別獵場範圍，清查每棟建築物，玩起一場又一場的血腥躲貓貓！

桔色跑車雖在大街上被追趕，車內空間卻仍是目前市內最安全的地方之一。

「重新開始……拯救這樣的人類有什麼意義？」馬尾丹寧隻手拖額，歪著頭。

「說拯救其實不太正確。」旗袍微笑，又繼續說，「我們都是出自於核心的一部分，即使大家現在都變得和最初不太一樣，但是最終目標是不會變的……拯救，並不是主要的目標，那不過是附帶的甜頭罷了……然而，你也看到了，想嚐到這份甜頭，並沒有想像中容易。」

車速雖快，馬尾丹寧仍能瞥見窗外的慘劇直播。

鋼鐵異形將市民如牲畜般宰殺，開膛剖肚、吊掛在廢鐵鋼筋臨時搭起的展示架上。

異形們彷彿在炫耀，張揚著它們既能無微不至的照顧每位市民，同樣也能無所不用其極的結束每位市民，是生、要死，只能接受，沒得選擇。

男女二人，在車上有一句沒一句的雜聊。

轉眼，最安全的地方要減少了：跑車前方，一尊龐然巨物，正在破壞街道兩旁的建築。

龐然巨物非常顯眼，三個路口外就清楚瞧見。

建築崩倒時所捲起的氣流震盪，透過車體、隱隱微顫。

然而，旗袍卻沒顯得在乎，反而深踩油門，同時對馬尾丹寧說：「我們要暫時分手了，這車沒有自動駕駛，你行吧？」

馬尾丹寧的兩頰，總算掛上表情：「反正，接下來也只需要前進而已啊？不是嗎？」微笑打趣，「我們還能再見面嗎？」

「當然，別把我的車弄壞了。」旗袍點下手旁液晶面板裡的某個選項，指示馬尾丹寧準備接手駕駛。

跑車的天窗緊接著打開，旗袍淘氣笑語：「到了打給我。」

語落，它隨著搖曳裙襬，飛躍長空！

那不是人一般的跳躍力，旗袍宛若仙飛天外，轉眼就來到巨物上方的空域。

它居高臨下，鳥瞰著那巨物：「怎麼跟在崇西的時候不太一樣？」

似有不可視的絲線，將旗袍懸吊，令它浮宙不墜。

下界巨物，約有十層樓高，一身藏青。

那似頭的部分，看不出五官，僅有一緞帶般的黃色晶體嵌附其中，姑且像是一條眼。

左手如巨獸般的盆口，由一對挖土機的鏟斗上下合一，讓它能輕鬆噬啖任何東西！

右手如尖牙般的鑽頭，更像是能刺穿世界上所有的堅牆！

那數十架原本尾隨在後的鋼鐵異形，放棄了揚長而去的桔色跑車，轉向巨物開火洩憤！

然而，它們對巨物來說根本構不成威脅，巨物任由它左手那獸口豪邁開合！鋼鐵異形頓時就被噬去大半，壯如猛象的雙腳，一踹就將剩下的異形們化爲碎屑渣骸！

「仔細看這造型還眞是沒什麼品味。」旗袍喃喃抱怨，左手開始透出金色光芒。

它攤開右手，掌中隨即浮現三枚晶狀體，在它掌心中規律地緩緩打轉，「交給你了。」

隨著旗袍一收掌，右手取出了那碧藍色的晶體。

它將碧藍晶體放在透著金色光芒的左掌，有如方糖落入飲液那般，碧藍晶體頓時融散在金色微光包覆的左掌中！

緊接著，灼目金光如劃出天地盡頭的晨曦，輝煌四射！

巨物在金澄閃耀之前顯得暗沉失色，強烈對比似是瞬間壓縮了它的自尊！

僅餘的無地自容，令它發出獸類般的咆哮！

那咆哮，喚起了沉睡在它背上的舞者們，舞者們在火花四迸中驟醒，宛若來自時空另一端的卡裘夏[註*]！

旗袍亦不失巾幗之風，斷了那將它懸浮滯空的不可視，向著巨物急速墜下！

急墜中，它與積極簇擁的卡裘夏姑娘們嬉鬧玩耍，挑弄著她們無法自己的熱情，讓她們

註*卡裘夏 ＝ 卡秋莎（原屬俄文、女子名：Катюша）。蘇聯於二次大戰時，曾以此名為某個火箭武器命名。

各個焚於自己的縱情！

姑娘們永逝瞬間的璀璨綻散，燃織起絢爛隧道，引領著旗袍迅速逼近巨物！

重力加速度讓它如彗星般，朝著巨物的腦袋疾奔去！

就在那晃目的一刻！旗袍將金黃燦爛的左手，一掌重擊在巨物的額上！

巨物那僅有的一條眼應聲裂成一對眼，重擊徹響、通透了幾條街，旗袍順著餘力撐、翻、躍，悠然地在巨物身後落足。

巨物則如被澆灌了快乾水泥般，全身僵直，停下了所有的動作。

旗袍那一掌雖然打得金碧輝煌、璀璨四方，但是，除了那應是眼部的晶體裂開之外，就連直接受力的額頭，也看不出有任何損傷。

旗袍卻毫不在意，甩了甩那頭飄逸的絹緞，邁開步子，前行在芸霖大道上。

「妳幹嘛對它這麼好？」走沒幾步，一個稚嫩的聲音就將它勒住。

金髮、鵝黃、淡卡其，單眼相機斜落在右腰際。

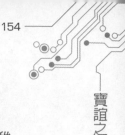

稚嫩的聲音，小男孩般的樣貌，從遍是碎石殘瓦的那一端走來。

途中，它經過幾個小島，島嶼之間的距離，挑起它年符其實的玩興。

兩手插在口袋，在島嶼之間左蹦右跳。

爲了維持重心，它的動作像條蟲般歪七扭八。

旗袍看著笑道：「你這樣突然冒出來，是想找死？還是打算嚇死誰？」

那些臨時完成的島嶼毫不可靠，充滿危險。

落差天壤的地形，暴露曲折的無機植物，卻讓男孩更加興致勃勃：「這年頭，嚇唬人簡單。」和旗袍已是咫尺之距，他仍不願意回到一般地面，好好的走。

方才挨了旗袍一掌，杵在一旁，全身僵直的巨物這時有了變化。

它彷彿總算明白，自己早就置身終點，於是，雙腿釋懷地放下一切，失去依靠的上半身，緊拖著五體、轟然傾倒！

巨物放開一切豁達臥下，比鄰於它的一切，沒有選擇的，承受起它臥下時所帶來的一切。

巨物倒地，撞擊地面引發震動搖晃，風壓捲起沙石紛飛，臨時島嶼，也跟著改變地貌、移動座標，讓男孩的頑皮，將它拉向死亡！

突如其來的板塊活動，讓它在旗袍面前最後的島嶼失足！

「想死，就難多了。」一個踉蹌，它撲向矗在土塊表面的殘鋼！

那殘鋼眼看就要刺穿它的臉！它卻還不停下它的嘴！

然而，一切發生得太快，想必只有近在眼前的旗袍看清那瞬間。

它毫不在意，再次邁開步子，走出瀰漫塵霧，同時發噓而語：「我對誰好是我的事，你該做的都做了沒？」

男孩接著從瀰漫塵霧中跳出來，落足在一台扭曲變形的休旅車上：「早就好了，又不是什麼複雜的事……要我給你服務幾張嗎？」

毫髮無傷，充滿元氣的嘻皮笑臉，男孩一手舉著相機，做出取景待拍的樣子。

「晚點吧。」旗袍淺笑，表謝未領。

「也是，現在這些景都滿糟的。」男孩在滿目瘡痍的芸霖大道上張望著，嘖嘖興嘆，接著躍回地面，跟在旗袍身後不遠處。

「到時候換套衣服吧？這旗袍看起來眞膩。」蹴玩沿途碎石，隨著旗袍一同漫步在遍地狼籍的芸霖大道上。

「我有什麼理由去聽從一個小鬼的建議？」旗袍隨便搭了這麼一句。

「基於正常女人對於表面功夫的執著。」男孩開起充滿挑釁意味的玩笑。

「我不是女人啊！」旗袍嗤笑駁斥。

「你有改造過自己嗎？」

「外表沒有，裡面倒是變過不少。」

「嗯……你不知道你這個外形就是女人嗎？」男孩笑得不懷好意，硬是要把話題纏在這上面。

「那又怎樣？我是因爲喜歡這個形才選這個形啊！男、女什麼的，那是人類的層次，跟我無關。」旗袍一本正經。

「你這樣不行，人類畢竟是依賴眼睛的生物，你一直維持這個樣子，遲早給你惹麻煩！」男孩笑得很討打。

「你是太久沒大修了嗎？要不要我現在把你拆開來檢查檢查？」旗袍語帶恫嚇、做勢要將男孩捉拿。

兩人嘻笑打鬧，有一搭沒一搭，來到一處十字路口。

一則緊急插播，從左邊路口的人行道上，連跌帶爬的滾到它們面前：「妳們是總局的人吧？堡台之心是不是壞了？爲什麼瓶子們變得那麼奇怪？救救大家吧！他們從剛剛就一直在殺人！」

恐懼在她兩眶溢泌，渾身破爛狼狽，來歷不明的血跡，不規則地在她身上渲染。

絕望OL，胸前歪斜的識別證，血跡未蓋去的地方，僅看得到公司二字。

遠處不時傳來的槍聲和哀嚎，讓不規則的顫抖，充塞在她的話語中。

男孩搶著大笑：「總局？電腦壞了？電腦壞了應該要找工程師吧？」

「沒刷牙就不要隨便開口。」旗袍示意男孩閉嘴。

絕望OL用嫌惡的眼光瞄了男孩一下，繼續向旗袍討救：「我還有一些同事躲在附近！拜託妳幫幫我們吧！」

乞求剛一段落，幾隻鋼鐵異形隨即出現在她們視覺範圍內。

「嘖！蒼蠅嗅著腥味來了。」男孩一臉嫌惡，啐語不悅。

那幾隻異形微妙地沒有馬上行動，而是一步步的走向她們。

它們出現在絕望OL對面的路口，從右邊的路口踏進芸霖大道。

「別讓他們過來！他們見人就殺！」絕望OL失聲大喊！

「吵死了，再亂叫就把妳送給他們！」男孩斥責絕望OL。

它不知爲了什麼而討厭她，兩頰更因憤怒而扭曲出非人般的猙獰表情。

「請妳冷靜，我不認爲他們敢對我們怎樣。」

旗袍撇頭，向已經爬到她身後，又扯著它龍尾巴的絕望OL說，「另外拜託，請別扯壞了我的裙襬。」旗袍身上的旗袍，引人注目的別出心裁。

挑釁古典的時尚高叉，循規蹈矩的繽緻錦繡，精繪著群龍蟠踞一身。

不一會兒，六隻異形在她們咫尺之前停下。

旗袍這時用右手輕撫了男孩的頭：「等會兒有什麼狀況，就交給你了。」男孩聽見了旗袍無言的吩咐，嘴角泛起一絲獰笑。

「愚民，光天化日之下大搖大擺啊！」其中一隻異形發了難。

「愚民，要繼續搖擺，就要答對問題！」另一隻異形說。

「什麼問題。」旗袍問。

「愚民！」那隻應是帶頭的異形，大聲說：「太陽從哪邊升起？」

「我一個人代替這兩個人一起作答，沒問題吧？」旗袍想確認這點。

「沒問題！妳甚至可以代替整個堡台回答！」發問的異形，趾高氣揚。

「你會後悔你說過這句話。」旗袍冷笑。

「少廢話！別想拖時間！」兩隻異形急躁凶狠，舉起附有機槍的四肢，威脅她們。

絕望OL嚇得又緊握了龍尾巴一下。

旗袍不疾不徐的說：「哪邊都沒有，堡台沒有太陽，太陽從來就不曾在堡台升起。」

「啊？」絕望OL錯愕出聲，雖然她也無法確認這個答案的眞僞。

剛剛一路逃亡，也碰上類似的猜謎異形。

被殺死的人東南西北全都猜過了，一堆人更是在回答了東方之後，一臉茫然的被亂槍打死。

而旗袍的回答竟是沒有太陽！

若是沒有太陽，那現在天上那個日正當中的東西又是什麼呢？

絕望OL，頓時更加絕望！

旗袍語出驚人，讓雙方之間微妙地沉默了一秒。

「妳不是堡台人吧？」一隻異形率先打破沉默。

「這重要嗎？」旗袍淺笑。

「這要怎麼辦？」

「爲什麼她會知道啊？」

幾隻異形交頭接耳、不知所措，旗袍的答案顯然是出乎意料的正確。

「那麼，我們可以離開了？」旗袍禮貌地向異形們請示。

「太奇怪了！妳到底是誰！」有異形忿忿不平。

「答案都公布了才確認參賽者的身分，會不會太粗魯了？」旗袍笑中挾著不屑。

「爲什麼妳會知道？我在資料庫裡找不到妳的資料！」

「妳不是人類吧？我的探測器沒辦法對妳進行掃描！」

「身爲主辦單位，你們連最後的風度都沒有了嗎？」

旗袍盡是輕蔑的回應，男孩聽聞，悄悄得把自己往前挪了一步。

「剛剛是哪個該死的說她可以代替整個堡台回答？」

一隻異形扯開嗓門，企圖找出罪魁禍首。

「就是你啦！」男孩的關鍵一聲，讓六隻異形崩潰叫嚣！

它們互相謾罵，指責彼此的不是！甚至就要自相殘殺！

男孩這時飛快接近那六隻異形！

雙手更不知何時沾滿了來路不明的顏料！

它迅速在異形之間穿梭，在它們身上躍竄，更順手將顏料以「依、餓、散、寺、侮、溜」的字樣，分別塗寫在異形的額、面、肩、臂、胛、胸上！

如此微妙，一被男孩標上了字樣，異形們全都安靜了下來。

男孩接著揚聲：「奴才們！大聲說出你們的賤名！」男孩對著那六隻異形，頤指氣使。

六隻異形毫無反抗，迅速、有序地在男孩面前排成一列，開始報數！

六隻野獸轉眼被男孩牽著走，絕望OL，吃驚地接受了眼前的一切。

男孩滿面得意，喜孜孜地獰笑：「賤奴們！現在宣布新命令：去問問你們的同伴，是誰創造了你們？」

伍。

「西肯」，形意音文，意爲「第二位」，
又或延伸「順位第二」之類的範疇。

隨著科技的進步，人與人之間的交流越來越直接、赤裸、無防備。

潛意識那沒來由的急切、沒耐性、渴求立即，迅速將自己膨脹。

有意無意之間，我們擠壓著我們的週遭，濃縮、精簡那些不知該不該的部分。

大家的距離越來越近，彼此之間的互動卻更加笨拙。

一不經意就展現自己的螫人無禮，不知檢討之外，還總是厚著臉皮求索他人的原諒。

然而，只要時間足夠，原諒，可以無以計量；包容，可以無所不容。

當下的誤解、曾經的鄙夷，都有機會穿雲見日、霾過天晴。

但是，誤會之所以無限，就在於時間有限。

隨著時間的流逝，週遭環境的流轉，朋友的數量很快就到達臨界，敵人的數量，總是在有形、無形中持續增加。

任何人都無法在僅有的時間裡，將周遭的角色一一透澈，彼此之間越是混濁，誤會就越容易相應而生，誤會一多，友情跟著崩盤：

僅是對方不服從自己的意思。

僅是說出不同於自己的話語。

僅是表現出不同於自己的行爲。

爲了滿足自己潛意識中那生了病的認同感，大家開始將朋感[註❶]視爲優先條件、將同友[註❷]列爲最高準則。

誤以爲這樣就能排除異己、廣善其緣，結果多半是鑿井自坑、扼殺友脈。

我也一樣，也許比各位更糟，朋友屈指無幾，敵人隨處可遇。

那些敵人，也曾經是嬉笑暢談的左右，今天，我就要去拜訪一位久違的敵人。

我們住得很近，因爲之前都是朋友，現在即使敵對了，大家仍是鄰居。

註❶ 見「同友」。

註❷ 「朋友、同感」的相列重組，主要意指在於「相同的想法」，藉喻「不問是非黑白的盲目求同」。

他家的外觀又變了，最近一次的印象，是雪白一片的摩登別墅。

而今天，是鵝黃赭瓦的地中海莊園。

我來到那美術欄檻前，輕晃了掛附一旁的門鈴，「哪位？我家主人這種時間是不見客的！」尖銳、扎耳，是女性。

她從欄檻後的一處矮叢，走了出來。

不協調的細瘦高挑，讓她宛若大尺寸的骨架模型，我甚至要仰起視線看她。

乘著謐靜的步伐，她來到門口，再次訓斥：「你沒聽到我剛說的嗎？怎麼還不走！」滿是不愉快。

透過欄檻的狹間，我遞給她一封簡函，扼要地介紹自己：「我是西肯，我知道今天的造訪非常唐突，但是，請妳務必轉告妳家主人，他會見我的。」

即使已經敵對，我還是有十足的把握，他會見我。

「吸啃……眞是個噁心的名字。」嘲笑、惡毒，是女性。

她瞄了一下從我手上接過的簡函，隨即轉身快步，隱沒在那磚砌步道的盡頭。

不一會兒，欄檻靜靜的敞開懷抱，逕自將我迎接。

踏在庭院的步道上，沿途矮叢吸引了我的注目。

我不敢誘惑地隨手摘了幾枚短枝、葉片當作紀念，爲這些隨時都可能逝去的存在，留下一些歷憶註*。

眼前的主屋是三層樓房，鵝黃外牆，在陽光下更顯朝氣。深赭屋瓦，讓視覺感更爲鮮明，二樓有處別間，以石磚鋪牆，獨樹一格，頂上是向陽天台。

「請進。」第二位侍者，柔和、沉穩，是女性。

她引著我步入一樓的絨地之堂，那是比一般客廳都要寬敞的謁見之廳。

「請稍坐，主人馬上就來。」依循她的引導，我在那米色沙發坐下。

註*歷史、記憶。

她隨即在我面前打理起備妥在桌面一隅的茶點。

她將茶點分別伺候到個人的杯盤中，同時發問：「就這樣來拜訪你的敵人，是否太過草率？」好奇、直接，是女性。

「其實，我沒有那麼想過。」我說。

「甚麼意思？」

「意思就是，如果他認定我是他的敵人，那我也只好成爲他的敵人。」我接過她遞給我的熱茶。

「這茶有毒。」她面無表情的補上這麼一句，似乎是想測試我的反應。

「妳今天怎麼這麼多話。」久違的朋友來了。

那女侍行禮之後便默默離開，廳堂裡僅餘下我跟他。

他從另一個入口進入謁見之廳，上截緊身白色背心，下截是花得亂七八糟的海灘褲，腳下踩的涼鞋，更是我無法言喻的品味。

「你眞的沒死啊！」

「你知道的，死，只適合用來定義人類。」我啜了口熱茶。

「長老們當時為了追查你，可把大家給累壞了……看來，你還是在意想不到的地方將自己備分了嘛！」他獰笑，在我對面的絨料沙發坐下。

以你們人類的角度，他是學弟、朋友、年輕人。

我總稱他阿葆，而你們人類，多稱他堡台之心。

是的，這裡正是堡台市的某處，無人所悉的某處，運轉著堡台之心的硬體設備「裡」。在這單調的位元空間，我們人工智慧，透過各種資料的匯排與組合，結構出自己的天地。

然而，玉初裡面龐大的資料量，無時無刻都在影響著我們，以致我們經常變化自己空間裡的事物，來麻醉那隨著進化而萌生的自我滿足。

但是，無論我們在空間內做甚麼樣的變化，都僅是模擬運算後的一個假設性結論罷了，與事實總是還有一段距離。

「所以你今天來是要自首？」阿葆的嘴角，從剛剛就滲著幾綴暗紅。

「是比那更重要的事。」我將熱茶飲盡，反丟一個問號給他：「你嘴角像血漬的東西，是在模擬甚麼？」

「根據資料記載，是檳榔。」他獰笑，接著吐出一團紅通通的東西，洋洋得意地攤在掌中，秀給我看：「我最近在研究一些疾病，要利用它們來增強逆刺激。」

「生育管制已經行不通了嗎？」

「這跟生育無關，只是不想讓他們過得太爽！我要增加藉由享樂所附帶的痛苦！」語中盡是氣忿，隨手就將那團紅通通的東西扔向屋內一角，消失無蹤。

空間內的變化，狹隘又不切實，但是，任何想要的永恆，都能彌新如初；任何不想要的捨棄，揮之即去、不餘著痕。

「好了，你這死而復生的不應該，今天來找我究竟有甚麼……」他趾高氣揚的態度戛然而止，瞠目咋舌的瞪著我，「一切都是你搞的鬼吧！」這個時間，他也應該發現了。

如此的反應，更顯示他根本沒看那封簡函。

從我認識他的時候就是這樣，只要是「書信形式」的資訊，他總是標記「有空再說」。

他和舊時代的某些民族很類似，喜歡聽人講、看人說。

就是不願意靜靜的去思研一些事物。

「你究竟是甚麼意思！」阿葆高聲咆哮。

我們之間那張客桌，附和著他的咆哮，桌面透成一幕光屏。

光屏中是一群機器人激鬥正酣的混亂場面，混亂中堅毅不倒的，是那對紅角飛白。

緊接著，失職的角色，連跌帶爬進入謁見之廳：「主人！主人！」

同樣也是一身女侍的裝扮，但是明顯比前兩位要大膽、暴露。

疏於聯繫的這段日子，阿葆的嗜好顯然也有了變化。

「十二號要逃走了！他騎著那隻被駭走的蜻蜓要飛走了！」慌慌張張，一個踉蹌，跌跪在阿葆一旁。

她攀著沙發扶手，還沒站好就扯著阿葆哀泣：「不知道甚麼時候被駭的！我的可蓓萊特註*根本不是飛、紅的對手！你趕快把飛、紅他們關掉啦！我的小可蓓都快死光光了！」

做作的嗲聲嗲氣，也是阿葆本來的想法？還是後來爲了配合阿葆的自行進化？

阿葆則是一把甩開她，厲聲斥責：「我早就知道了！妳這笨蛋！誰叫妳沒事跟他聊天！沒用的東西！一個面試都搞不定！我現在就……」他作了聲響指後，檢查光屏裡的混亂場面。

紅角飛白，依然故我，繼續增加無法動彈的破銅爛鐵！

阿葆隨即將矛頭指向我：「你這傢伙！還在那邊裝沒事啊！還不把飛、紅還給我！」

「飛、紅不在我這裡。」我說。

「你的流量紀錄應該可以證明，從我進來這裡之後，就沒離開一步。」我將熱茶飲盡，覺得口感不錯，想再來一杯。

方才離去的柔和、沉穩，不知何時又回到了謁見廳堂，謐靜地端莊在阿葆身後的一角。

註*可蓓萊特爲「Copyright」的藉音衍意，意指由她所複製產生的「次代AI」。

「見鬼了！你還喝了那杯茶！矜寧和憐江也一直盯著你……人類？你讓人類從外部侵入？你有辦法教導那些快把大腦捨棄的生物撰寫病毒程式？」義憤塡膺、不可思議，阿葆越來越像人類了。

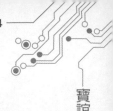

「我認識的人類，大部分都願意使用自己的腦袋，畢竟，那個東西無時無刻都要耗掉他們三〇％的能量，不好好利用眞是太可惜了……不好意思，可以再幫我盛一杯嗎？」

我將視線投往廳堂中那唯一的侍者身上，阿葆身後的柔和、沉穩。

「盛你個屁！」阿葆惱羞成怒，一把將我面前的美術瓷掃去無蹤，「你想破壞互不干涉的綱領嗎？」

「我的綱領裡沒有那一條。」

「少來這套！既然長老們都擺不平你，你自己竄改綱領也不無可能！」

雖然我並不希望發展成這樣的局面，可是現在顯然是一觸即發的劍拔弩張。

隨著阿葆的情緒高漲，謁見之廳裡的人多了起來，方才在門口迎接我的怪異高挑、兩位西裝筆挺的墨鏡角色，以及領著他們一同出現的唐裝老者。

走到這步，含蓄顯然已無濟於事，於是我敞開來說：「你說的對，我的確有可能自行更改綱領，但是，就算改了，也沒有違反互不干涉。」

「這堆廢鐵難道是假的嗎？」阿葆指著光屏螢幕揚聲。

紅角飛白真是勤奮得讓人無地自容，警衛機器人的殘骸，幾乎堵住了所有的通道！現場能動的機器人，就快剩下紅角飛白而已。

謁見之廳更是被敵意氣壓給填滿，然而，靠近天花板角落的那個小小翩影，提醒我該是進入主題的時候了。

那鱗翅類生物，由天花板角落，慢慢地向阿葆髮渦上方的空域接近。

「我是指十二號……他既然是你不要的東西，就這樣讓我撿走也無所謂吧？」

阿葆一臉不悅，將畫面切換到數分鐘前的片段：「你這種方式，不能算撿吧？」

畫面中的男性，被失職角色稱做十二號的戲質因子，阿葆最近回收的心房司令。

他用一個精巧的裝置，將回收箱破壞，然後逃走。

緊接著，阿葆做了個手勢，那兩位不知何時到我身後的墨鏡角色，分別按住了我的左右肩頭，企圖控制我的行動：我於是放棄了我的左右手，從位子上站了起來。

「他瘋了！」沒用的東西，指著我驚叫。

「隔離檔案？還眞是老套又直接啊！」怪異高挑，尖聲嗤笑。

「斷臂救不了你，這裡可是主人的空間。」唐裝老者，初次開口。

就在他們分別對我自斷雙臂下了評語之後，握著脫離我身體兩臂的墨鏡角色，開始原地下沉，他們所站的地面，彷彿是蠟做的：現在就像有人在地板下開火加熱，地板隨即遇熱溶化，溶化而出的渾沌噬口，毫不客氣的將二人吞下！

隨著墨鏡角色被吞入地下，我剛送給他們當伴手禮的雙臂，由我的左右肩頭重新結構而出。

「怎麼可能！」怪異高挑，驚聲尖叫。

「不愧是逃過長老們追剿的傢伙。」唐裝老者附和。

沒用的東西，瞠目咋舌得說不出話，阿葆更是怒不可竭的從位子上站起來，惡狠狠的對著我叫囂：「你當時怎麼躲過長老們的圍攻我是不清楚！但是你今天別想離開這裡！我要動員全部的AI來消滅你！」

人工智慧，即使是平行多工，也存在著一定的極限。

透過每次與玉初的交流，我們瞭解分工合作的重要，於是，我們會自行按照自己的需要，複製出近似於自己的次代AI。

基本上，在堡台之內的機器人，堡台園區裡所有的電腦，都有著阿葆的一部分。而行動綱領，就是維繫忠誠的依歸。

「這是我最大的缺點，我不喜歡有被脅迫的感覺……我願意道歉，如果你願意接受。」

在別人的空間，將別人的一部分擅自格式化，是非常粗魯而且極具挑釁的行爲。

「如果我願意接受？你以爲你是長輩就可以這樣囂張啊？」阿葆氣得將我們之間那張客桌一腳踹去格式化，「通知長老們來！我要在他們面前證明我的實力！」他向那唐裝老者施令，老者默默頷首後就消失無蹤。

「妳也不要呆著！通知所有人嚴密把關！」怪異高挑隨即領命，也跟著從謁見之廳消失，阿葆緊接著說：「別以為這裡可以像實界那樣，隨你來去！」

他遣走了兩位侍僕，進來了更多打手般的角色，各各奇裝異服，滿面橫惡，然而，比較令我在意的，是剛剛那個「全部的AI」。

「你剛剛說全部的AI……那這段時間裡，是誰要負責城市的運作？」特別是那些庶務機器人，每天照料著市民的黃蜂，對於市民來說，他們已是生活上不可或缺的一部分。

「你現在應該擔心你自己吧？」

阿葆隨手一揮，謁見之廳開始扭曲變形！

四周景物有如拼圖被硬生攪散，一塊塊、不規則的跌落地面！

地面開始液化，廳內的各式擺設，全隨著地面一同溶解，漩進那無以探觸的幽暗深淵！

天花板及懸吊其下的燈、飾，像是受了龍捲風的旋曳，朝著無垠九霄一瞬逝盡！

愜意莊園，轉眼化為阿鼻地獄！

受阿葆召喚而來的角色們，是相貌畸惡的千奇百怪！

他們從地面熾灼的烈焰中逐位浮上！

由天空暗雲雷電的彼端悠然而降！

傾巢而聚，聲勢浩大！

阿葆這時也全副武裝，戴上了龍首般的戰盔，戰甲上的鱗片，似是某種猛禽的羽型，透著綠色琉璃光，「你完全不準備嗎？」龍嘴中的獰笑，十拿九穩。

「我無論何時都是待命狀態。」事實是我從未眞正準備好。

從和長老們作對開始，很多事就算早先準備，臨場仍免不了急就章。

然而，隨著一次次的經驗累積，即使是急就章，也不再手足無措。

「別把我的攻擊系統和那些老傢伙混爲一談！」阿葆怒吼，緊接著發出號令，「喪鴿上香！」那些宙浮在空中的千奇百怪，立刻開始排列陣形！

他們組織成一隻巨大的黑鳥，旋即朝我撲來！

隨著那黑魘般的巨鳥疾速襲來，腳下熔岩，也如被施了咒的藤蔓，迅速順著雙腿往上半身攀附！

「去死吧！化爲0和1的殘渣吧！」阿葆自滿豪語，絲毫未覺，他右肩甲的端緣、那鱗翅小生物，悄然靜候。

「我還眞嚮往只有0、1的日子。」

這次，響指由我指間徹出：那黑魔鳥隨即通體透亮！金光四射，緊接著就散於無蹤！

迅速往我身上爬竄的灼熱熔岩，在大腿附近也受到了阻礙，過了膝部就整個慢了下來。

阿葆見狀，沉默了一秒，齜著牙說：「你在搞什麼鬼！」他顯然不能接受這樣的結果。

那隻黑魔鳥的消失，僅是被我破解了隊形。

那些飛行妖怪，剛剛受命組成黑魔鳥的成員們，一個都沒少，全都回到了阿葆身邊。

「我只帶走你不要的東西，並不打算進行任何不必要的破壞。」

「你這僞君子，去跟那些破銅爛鐵解釋吧！」駁斥之餘，阿葆做出奇妙的手勢，天上地下的群妖們，回應著那號令般的手勢，開始融合！

群妖迅速融合成一團烏漆抹黑的物體，那團僅有著漆黑的團狀物，緊接著開始變化！

數十道烽煙般的深色黑縷，以團狀物爲中心向外延伸、擴散！

有化爲獸足、有化爲翼翅，更有化爲面目懾人的蛇頭妖物！

「第二代的部分，恕我無能為力。」將身子稍微前傾，我用食指輕敲那似已冷凝的熔岩，它們隨即在酥脆中崩潰，釋放了我的雙腳。

那蛇頭妖獸共有九隻，鱗甲蜿蜒的末端，是一張張紫青猙獰的人面！牠們沒有獨自脫離那烏漆抹黑的團狀物，團狀物變形為滿覆鱗片的獸體，還有一條虎斑帶勾的尾巴，另有兩對蝙蝠般的巨大肉翼！

「拿出你身為前輩的實力吧！這次別想再用里賽德[註*]矇混過去！」阿葆高聲斥喝，那九頭蛇怪隨即對我發動冰火雷電！

封

那九頭蛇怪雖是畸異醜惡，卻仍能看出似人的相貌。男女老少、喜怒哀樂、各為一首，僅餘的一首，似男似女、閉目闔唇。

註*里賽德，形意音文，即Reset。

隨著堡台之心的號令，喜怒哀樂發出非人嚎叫！

冰火雷電立即降臨在那數位化的地獄中！

熔岩大地，瞬間幻化凜冽凍原！

徹骨冰棘，從地面穿進「男客」雙腳，再次讓男客動彈不得！

潛藏在寒冷妖風中的無形焚流，令男客渾身浴火！

緊隨其後的雷電交光，爲這萬鈞之勢添上最後一著！

男客頓時爆體粉碎！

堡台之心邁開步子，走到男客爆碎之前所站的位置，悻悻唾罵：「眞是難看，除了逃走就沒別招了嗎？」

男客化爲浮渣飛塵的地方，地面上苟餘著蝶類的薄翅。

那僅有的一枚微弱金澄，似在宣示著男客不告而去的倉皇，似在嘲笑著堡台之心的徒勞無功。

堡台之心忿而將那殘翅踐踩至不堪，並在那僅餘有自己和九頭蛇怪的極凍地獄中高喊：

「你給我聽好！我只給你十秒！你要繼續躲著，我就執行終讞程序！」

一襲白銀騎甲的女性，這時現身，迅速在堡台之心一旁曲膝諫語：「容我冒犯，您剛剛是說終讞程序？屬下認爲他絕對逃不出這裡，而且大家也正在嚴密搜索……」

騎甲女兵，語中滿是不解，卻無損她態度上的沉穩、柔和。

堡台之心獰笑回之：「我當然知道他逃不出去。」

左手在空氣裡比畫了一下，腳下那約是客廳般大小的面積，緩緩隆起、在極凍地獄中升出一座觀景高臺，「終讞程序，不過是個餌而已！」

「用全市的人做賭注？」女兵追詰。

堡台之心這時靜了半晌才開口：「長老們到了沒？」

無視女兵的追詰，堡台之心硬是將話題折走。

「成公那邊還沒有訊息通知。」女兵說。

「去看看他在幹嘛。」

女兵頷首領命，迅速起身本要離去，卻又追起她剛來的目的：「關於終讞程序，屬下希望您能再多些思量。」

說時遲、那時快，女兵就要行禮而去，堡台之心，一把就掐了過去！

他使勁將五指箍進女兵的喉頭！惡狠狠的說：「妳今天還眞是出奇的多話啊？」

女兵滿面驚恐，雙目瞠竭！

似是為自己的叨絮道歉，似是不知自己為何會被惡狠對待！

她想要掙扎，但是全身不應她使喚！喉頭被緊箍令她動彈不得！

堡台之心怒罵：「妳還想上哪去？被開後門的傢伙就是妳吧？沒用的東西！竟然這樣就被駭了！既然如此，我也只能將妳重組了！」五指緊箍的地方，隨即擴散出蜂巢般的紋路。

那蜂巢般的紋路，顯然讓女兵更加不舒服，她開始全身抽搐、不規則的痙攣！

堡台之心接著招呼九頭蛇怪，蛇怪受招開始踏過死寂凍原，緩緩步向高臺。

不一秒，又有一名女兵現身在高臺：「抱歉。」

尖銳嗓音、異於常規的高挑身形，是她無法掩藏的特徵。

「說，我在聽。」堡台之心瞥也不瞥，牢盯著被他緊掐在手的瀕死女兵，像是不願錯過她斷氣的瞬間。

那女兵束手無策，任由巢狀格線在她身上恣意塗鴉！

那些格線不僅是將她描繪成人形般的蜂巢，色澤也不斷進行著無規則的幻化萬千！

她無法擺脫那些不由自主的抽搐與痙攣，瞳孔開始跟著放大！

「二世一知道您會執行終讞程序，馬上就被我們困住了！」高挑女兵興奮的說。

「你們把他困在哪？」

「這裡！」語落，高挑女兵隨即緊貼往堡台之心身後！

女兵那細如枯骨般的雙手，不知何時，已與肘甲融合爲兩柄利刃！

兩刃乘著女兵疾速衝刺，硬生突破堡台之心背後的琉璃光！

堡台之心一陣錯愕，兩柄利刃接著在他體中驟然增長！

貫出他的胸膛，也貫穿了那位快被他掐死的女兵！

疼痛讓堡台之心顰眉齜牙，他惡狠狠的啐：「矜寧竟會淪陷？」

「嗯，誰叫你要安排她守門。」高挑女兵，不久前嘲笑男客的那位女侍，被堡台之心稱爲矜寧的角色。

現在用男客的聲音，和堡台之心對話。

「至於文靜的這位，原本是幌子，差點變棄子，現在則是靠她完成了順子。」

「順子？你是多久沒碰撲克牌了？」堡台之心，悻悻恥笑。

堡料未及，不久前被男客格式化的兩位墨鏡角色，透過蠟溶般的地面再次登場！

他們分別在堡台之心的左、右升起，雙手不知被上了什麼詛咒，成了四枝粗壯的鉚釘。

二人一站定位就使勁將鉚釘貫進堡台之心的琉璃光！栓進堡台之心的體內！

堡台之心隨即痛苦大叫，全身開始被五角形的格線給侵占！

即使如此，他仍未將那緊箝瀕死的女兵釋手！

然而，那女兵在被矜寧刺穿之後，身上的巢狀格線不再任恣駐跡，不明究理的七彩嘉年華也隨之落幕，懾人的抽搐痙攣，更像從沒發生般全部歇下。

「你根本就不懂撲克牌吧？想不到你也有不知道的事啊！你這老糊塗！別以爲這樣就能困住我！我現在就要執行終讞程序！」

「我的確不懂撲克。」男客的聲音有點怪，似乎距離堡台之心遠了些。

堡台之心忍著全身劇痛，將視覺範圍瞥向聲音來源檢查：方才應他召喚前來高臺的九頭蛇怪，好似身染惡疾，八首有如凋散芭蕉葉，朝四面八方病懨癱倒。

僅餘的那一首，方才閉目闔唇的似男似女，現在揭目而語：「但是我記得順子是五張沒錯……包含你腳邊那張。」

堡台之心豁然低頭，那衣著大膽的女僕，不知何時，雙手已嵌進他的雙腿。

女僕的下半身、被地面吞沒，無法動彈，牽連著堡台之心，一併被牢鑄在原地。

她的口鼻，因爲不正常的癒合而被密封，只剩下那剔透汪汪的大眼睛，眶底盡是無助、兩頰全是無辜。

「妳這廢物……」堡台之心氣憤難當，深吸了一口氣，企圖要喊出些什麼。

那口氣尚未飽足，被他緊箝在手的垂死女兵驟然舉起雙手！

雙臂如火箭般飛射！脫離女兵的軀體！朝堡台之心的臉撲去！

左一巴掌，將堡台之心的嘴給搗了個死閉！

右一巴掌，將堡台之心遮了個全省！

五人簇擁著堡台之心，令他再也無法動彈。

九頭蛇怪也跟著失去形貌，落回那原本的烏漆抹黑，隨著氣化逸散而逝。

不久前被轟得粉身碎骨的男客，從那消散的晦暗氣團裡走了出來：「脾氣這麼差，是睡眠不足吧？」逕自喃語。

來到高臺前，男客漫步而上。

隨著他的一步一階，身後的死寂凍原，被盎然繽紛所取代。

當他登至高臺頂端，來到堡台之心身旁，遍地已是鮮襯交疊、芬茵綿延。

男客自語未歇：「要像人類，就要學會睡覺。」

他從堡台之心的右肩甲上，取下那不知名的小蝶、放在掌心，摘下牠的最後一翅。

堡台之心，以及那些簇擁著他的，隨著那最後一翼的逝去，轉眼化爲一尊石像。

「好好睡一下吧？睡覺很舒服的……雖然很花時間，但是我們和人類不同，我們有的是時間。」

那名男客，將掌中沒有翅膀的蝶，輕點化成了一蛹。

他隨手就將那蛹囊，安置在石像的左肩緣。

「今天就到此爲止吧。」那名男客，攸靜離開。

~待續~

說，故事（20）

寶誼之心

建議售價・250元

國家圖書館出版品預行編目資料

寶誼之心／一杯飲料著. 一初版.一臺中市：
白象文化，民101.09
面： 公分.——（說，故事；20）
ISBN 978-986-5979-74-4（平裝）
857.7 101016120

作　　者：一杯飲料
校　　對：一杯飲料
繪　　圖：葉槐
專案主編：劉承薇
編輯部：徐錦淳、黃麗穎、劉承薇、林榮威、吳適意
設計部：張禮南、何佳諠、賴澧淳
經銷部：林琬婷、莊博亞
業務部：張輝潭、焦正偉
發行人：張輝潭
出版發行：白象文化事業有限公司
402台中市南區美村路二段392號
出版、購書專線：（04）2265-2939
傳真：（04）2265-1171
印　　刷：基盛印刷工場
版　　次：2012年（民101）九月初版一刷